LES SECRETS DU SURNATUREL

T1 Fantômes, Dames Blanches, Demeures, lieux hantés et objets Maléfiques

Du même auteur

Le Mystère du Manoir Woodville

Les Secrets du Couvent Maudit

La Bible de Lucifer T1 L'origine du Mal

Ronnie Bilsgnac

LES SECRETS DU SURNATUREL
TOME 1

« *Tous droits de reproduction, d'adaptation et de traduction, intégrale ou partielle réservés pour tous pays. L'auteur ou l'éditeur est seul propriétaire des droits et responsable du contenu de ce livre. Le Code de la propriété intellectuelle interdit les copies ou reproductions destinées à une utilisation collective. Toute représentation ou reproduction intégrale ou partielle faite par quelque procédé que ce soit, sans le consentement de l'auteur ou de ses ayants droit ou ayants cause, est illicite et constitue une contrefaçon, aux termes des articles L.335-2 et suivants du Code de la propriété intellectuelle.* »

Texte Ronnie Bilsgnac

© 2024 Ronnie Bilsgnac
Édition : BoD · Books on Demand,
31 avenue Saint-Rémy, 57600 Forbach,
bod@bod.fr
Impression : Libri Plureos GmbH,
Friedensallee 273, 22763 Hambourg
(Allemagne)
ISBN : 978-2-3225-5114-9
Dépôt légal : octobre 2024

Table des matières

Préface 18

Chapitre 1 : Les Fantômes 21

La survie de l'âme 25

Apparition Spectrale 28

Poltergeists, manifestations maléfiques 40

Histoires de Poltergeists 45

Chapitre 2 : Les Dames Blanches 62

Leurs Histoires 66

Des Messagères 77

Auto-stoppeuses 81

Chapitre 3 : Les Apparitions Mariales 88

Chapitre 4 : Événements paranormaux 97

Rencontre avec des entités 110

Voyages Astraux 117

Phénomène de clairvoyance 125

Lieux chargés d'énergie 133

Photos et enregistrements audio 140

La réincarnation 147

La télépathie 154

La bilocation 162

La synchronicité 170

Chapitre 5 : Les Objets Maléfiques 177

Les Miroirs 181

Les Miroirs noirs 197

Les Poupées 206

Les Tableaux 235

Les Meubles 246

Autres Objets 261

Chapitre 6 : Demeures hantées 306

La Maison des Revenants à Rouen 308

La Maison du Pendu à Montgeron 312

Le Prieuré de Combloux en Haute-Savoie 316

La Maison des Sorcières à Esquelbecq.......................320

Le Château de Puymartin..324

Le Manoir de l'Étrange à Saint-Priest-la-Feuille.....328

La Maison du Diable à Clisson....................................332

Le Château de Fougeret 336

Le Manoir de la Fée à Tiffauges.................................340

La Maison des Âmes...343

La Maison de l'Éclusier 347

La Maison de l'Ankou..351

La Maison Sanglante..355

La Maison de Landévennec 359

Montségur 363

Le Château de Brissac 366

Les Mystères Enfouis de Carhaix 370

Épilogue 380

Préface

Dans les recoins obscurs de notre monde, là où la réalité flirte avec l'inconnu, se cachent des mystères qui ont fasciné l'humanité depuis la nuit des temps. Les lieux hantés, les objets maléfiques, les dames blanches et les fantômes peuplent notre imaginaire collectif, alimentant peurs et curiosité. Ces phénomènes, à la frontière entre le tangible et le spirituel, défient notre compréhension et évoquent des émotions puissantes, allant de la terreur à la sublime fascination.

Ce livre est une invitation à un voyage extraordinaire à travers les histoires et les légendes qui entourent ces phénomènes surnaturels. Chaque chapitre vous entraînera dans un univers où les ombres dansent, où les murmures du passé résonnent, et où les esprits semblent nous observer depuis une dimension invisible. De la Maison du Pendu à Montgeron, en passant par le Prieuré de Combloux, jusqu'aux objets imprégnés de forces obscures, chaque récit est imprégné de mystère et de magie.

Les dames blanches, ces apparitions spectrales empreintes de tristesse et d'élégance, nous rappellent les drames humains inscrits dans l'histoire. Les fantômes, qu'ils soient bienveillants ou malveillants, sont les témoins silencieux de l'invisible, révélant parfois les secrets que la mort a emportés. Quant aux objets maléfiques, ils portent en eux les malédictions et les sortilèges d'un passé oublié, influençant ceux qui osent s'en approcher.

Ce livre ne prétend pas offrir des réponses définitives, mais plutôt éveiller votre imagination et votre curiosité pour ces phénomènes qui échappent à la rationalité. Il s'adresse à tous ceux qui, comme moi, sont fascinés par l'inexpliqué, prêts à explorer les ténèbres pour y découvrir la lumière cachée.

En feuilletant ces pages, je vous invite à garder l'esprit ouvert et à vous laisser emporter par les récits qui ont traversé les âges. Peut-être découvrirez-vous que, sous la surface du quotidien, se cache un monde riche en mystères, où le fantastique et le réel se rencontrent de manière envoûtante.

Préparez-vous à entrer dans un domaine où les frontières de la réalité s'estompent, et où chaque histoire est une porte ouverte vers l'inconnu. Que votre voyage à travers ces récits soit aussi captivant et énigmatique que les sujets qu'ils abordent.

Bienvenue dans le monde des ombres, des légendes et des murmures éternels.

Chapitre 1 : Les Fantômes

 Ces êtres mystérieux et insaisissables, peuplant l'imaginaire collectif depuis des siècles. Présents dans toutes les cultures, ils suscitent à la fois fascination et effroi. Mais que sont réellement les fantômes ? Sont-ils des esprits errants, des manifestations de l'au-delà, ou simplement des produits de notre imagination ?

Les histoires de fantômes remontent à l'antiquité. Dans l'Égypte ancienne, on croyait que les âmes des morts continuaient à vivre dans un monde parallèle, veillant sur les vivants. Les Grecs et les Romains partageaient également des croyances similaires, imaginant les ombres des défunts errant dans les limbes. En Asie, les esprits ancestraux jouent un rôle central dans la vie culturelle et religieuse, souvent vénérés et respectés.

L'histoire regorge de récits d'apparitions fantomatiques, depuis les silhouettes éthérées dans les châteaux anciens jusqu'aux voix inexplicables dans les maisons modernes. Ces témoignages, bien que généralement accueillis avec scepticisme, continuent de captiver et de nourrir notre fascination pour le mystère.

Certaines personnes affirment avoir vu des silhouettes translucides, entendu des voix désincarnées ou ressenti une présence glaciale dans des lieux réputés hantés. Ces témoignages, bien que fréquemment anecdotiques, ont alimenté la curiosité et la peur autour des fantômes.

. De nombreux témoignages rapportent des rencontres avec des esprits qui transmettent des messages ou cherchent à interagir avec les vivants.

Face à ces récits intrigants, la science cherche à fournir des explications rationnelles. Les phénomènes attribués aux fantômes peuvent souvent être expliqués par des événements naturels, comme des courants d'air, des variations de température, ou des sons produits par des structures anciennes. Les chercheurs en psychologie explorent également la possibilité que les visions de fantômes soient des hallucinations résultant de stress, de fatigue, ou de l'effet du crépuscule.

Des études ont par ailleurs montré que les champs électromagnétiques et les infrasons pourraient induire des sensations de présence ou des visions, ce qui pourrait expliquer certaines expériences paranormales.

Dans notre quête incessante de compréhension et de sens, les fantômes demeurent des figures centrales, représentant l'inconnu et nos propres questionnements sur la vie et la mort. Ils incarnent les mystères de l'existence, symbolisant à la fois nos peurs profondes et nos espoirs d'une vie au-delà de la mort. À travers les âges, ils ont traversé les frontières culturelles, inspirant des récits et des œuvres qui continuent de captiver l'imaginaire collectif.

Les fantômes, qu'ils soient perçus comme des protecteurs bienveillants ou des esprits vengeurs, nous rappellent la fragilité de la vie et l'importance de rester en paix avec soi-même et les autres. Leur représentation dans la culture populaire, au travers de livres, films, et autres formes d'art, nous offre une fenêtre sur nos propres âmes, nous invitant à explorer les recoins sombres et lumineux de notre humanité.

En fin de compte, ils sont bien plus que des entités mystérieuses ; ils sont le reflet de nos aspirations, de nos regrets, et de notre perpétuelle fascination pour ce qui échappe à notre compréhension rationnelle. Ils continueront à hanter notre imagination, tant que l'humanité cherchera à percer les secrets de l'au-delà.

La survie de l'âme

L'hypothèse de la survie de l'âme est une idée fascinante qui a captivé l'humanité depuis des millénaires. Elle postule que l'essence immatérielle d'un individu, souvent désignée comme l'âme, continue d'exister après la mort physique. Cette croyance est centrale dans de nombreuses religions et philosophies à travers le monde, offrant des perspectives variées sur la nature de l'existence après la mort.

Dans le christianisme, l'âme est perçue comme immortelle, destinée à aller au paradis ou en enfer en fonction des actions de l'individu pendant sa vie terrestre. De même, dans l'islam, la vie après la mort est un concept fondamental, où l'âme est jugée et récompensée ou punie.

En revanche, les traditions orientales telles que l'hindouisme et le bouddhisme envisagent la survie de l'âme sous la forme de réincarnation. L'âme, ou "atman" en sanskrit, est vue comme éternelle, traversant des cycles de naissance, de mort et de renaissance jusqu'à atteindre la libération ou le nirvana.

Du point de vue scientifique, l'hypothèse de la survie de l'âme est souvent accueillie avec scepticisme, en raison de l'absence de preuves empiriques. Les scientifiques se concentrent généralement sur des explications biologiques et neurologiques de la conscience, considérant la mort comme la fin de l'existence individuelle.

Cependant, des champs d'étude comme la parapsychologie explorent des phénomènes tels que les expériences de mort imminente (EMI) et les souvenirs de vies antérieures, cherchant à comprendre si ces expériences peuvent offrir des indices sur la survie de l'âme.

De nombreux témoignages rapportent des expériences de mort imminente où des individus affirment avoir vécu des sensations de flottement hors du corps, de tunnel lumineux, ou de rencontres avec des êtres spirituels. Bien que ces récits soient intrigants, ils restent difficiles à prouver scientifiquement et sont souvent interprétés de diverses manières selon les croyances personnelles.

L'hypothèse de la survie de l'âme reste un sujet de débat et de réflexion intense. Elle soulève des questions profondes sur la nature de la conscience et le sens de notre existence. Que l'on y adhère ou non, cette hypothèse continue d'influencer notre vision du monde et de nourrir notre quête de sens, offrant un espoir de continuité au-delà de la vie physique.

Apparition Spectrale

L'apparition spectrale est un phénomène fascinant et mystérieux qui a captivé l'humanité à travers les âges. Ces apparitions, souvent décrites comme des manifestations visuelles d'esprits ou de fantômes, sont généralement associées à des lieux ou événements spécifiques, suscitant à la fois curiosité et crainte.

Les apparitions spectrales, souvent décrites dans des récits de fantômes et de phénomènes paranormaux, possèdent une variété de caractéristiques qui les rendent à la fois intrigantes et effrayantes. Voici une exploration plus détaillée de ces descriptions et caractéristiques :

Les apparitions spectrales sont fréquemment décrites comme des figures translucides ou semi-transparentes, donnant l'impression d'une présence physique qui n'est pas complètement matérialisée. Cette caractéristique éthérée contribue à l'idée qu'elles sont des manifestations d'un autre monde.

Elles apparaissent souvent sous forme de silhouettes humaines, parfois identifiables par des traits distincts comme des vêtements, des coiffures, ou des accessoires d'une époque révolue. Dans certains récits, elles peuvent même être reconnues comme des individus spécifiques ayant vécu autrefois.

Bien que certaines apparitions soient décrites en détail, beaucoup manquent de caractéristiques définies, se présentant plutôt comme des formes floues ou indistinctes. Cette absence de détails peut être due à des conditions de lumière, à la distance, ou à la nature de l'apparition elle-même.

Les apparitions sont parfois accompagnées de phénomènes auditifs tels que des murmures, des cris, des bruits de pas, ou des sons d'objets en mouvement. Ces sons peuvent renforcer la sensation de présence paranormale et augmentent souvent le sentiment de malaise.

Une chute soudaine de température ou une sensation de froid intense est souvent rapportée lors de rencontres spectrales. Ces changements de température sont interprétés comme des indices de l'énergie surnaturelle ou de l'absence de chaleur vitale.

Les témoins rapportent souvent une sensation de présence, comme s'ils étaient observés ou suivis, même lorsqu'aucune figure visible n'est présente. Cette caractéristique est particulièrement dérangeante et peut provoquer une forte réaction émotionnelle.

Généralement, les apparitions spectrales n'interagissent pas directement avec leur environnement ou les personnes présentes. Elles semblent se mouvoir selon une routine ou un schéma particulier, souvent lié à des événements passés.

Dans certains cas, les apparitions semblent réagir aux stimuli environnementaux comme la lumière, le son, ou la présence humaine, bien que ces interactions soient souvent imprévisibles et fugaces.

Certaines apparitions sont perçues comme porteuses de messages ou d'avertissements, destinés à des individus spécifiques. Ces messages sont souvent interprétés par les témoins comme des tentatives de communication de l'au-delà.

Les apparitions spectrales, avec leurs caractéristiques variées, continuent de captiver et d'effrayer, mêlant le connu à l'inconnu dans un voile de mystère. Qu'elles soient considérées comme des manifestations surnaturelles ou comme des projections de l'esprit humain, elles restent un sujet fascinant d'étude et de spéculation, invitant à explorer les limites de la perception et de la réalité.

Contexte et Lieux des Apparitions Spectrales

Les apparitions spectrales, souvent associées à des récits de hantises et de phénomènes paranormaux, semblent se manifester dans des lieux particuliers et sous des conditions spécifiques qui ajoutent à leur mystère. Voici un aperçu des contextes et des lieux où ces apparitions sont le plus souvent rapportées :

Lieux Historiques et Chargés d'Histoire

1. **Châteaux et Manoirs :** Ces bâtiments anciens, souvent témoins de siècles d'histoire, sont des lieux privilégiés pour les apparitions spectrales. Les châteaux européens, en particulier, avec leurs histoires de batailles, de trahisons, et de drames familiaux, sont fréquemment associés à des légendes de fantômes.

2. **Sites de Batailles :** Les champs de bataille, où de nombreux individus ont perdu la vie de manière soudaine et violente, sont souvent décrits comme hantés. Les apparitions dans ces lieux sont parfois interprétées comme des résidus d'énergie émotionnelle intense.

3. **Bâtiments Religieux :** Les églises, abbayes, et autres structures religieuses sont également des

lieux où des apparitions sont signalées. Ces sites, chargés de rituels et de cérémonies, sont parfois considérés comme des portails entre le monde des vivants et celui des esprits.

Maisons et Lieux de Vie

1. Maisons Anciennes : Les vieilles maisons, en particulier celles avec des histoires de tragédies familiales ou de meurtres, sont souvent décrites comme hantées. Les nouveaux propriétaires ou occupants rapportent parfois des phénomènes étranges qui semblent liés à l'histoire du lieu.

2. Hôtels et Auberges : Ces établissements, accueillant de nombreux visiteurs au fil des ans, sont souvent le théâtre d'apparitions spectrales. Les histoires de clients fantômes qui ne quittent jamais leur chambre sont des récits courants dans la littérature paranormale.

Environnements Naturels

1. Forêts et Bois : *Les forêts, avec leur atmosphère mystérieuse et leurs ombres mouvantes, sont des lieux où des apparitions sont parfois rapportées. Ces apparitions peuvent être inspirées par des légendes locales ou des événements tragiques survenus dans ces environnements isolés.*

2. Plans d'Eau : *Les rivières, lacs, et marécages sont également associés à des apparitions spectrales, souvent sous la forme de figures tragiques liées à des noyades ou à des mystères non résolus.*

Contextes Émotionnels et Psychologiques

1. Moments de Chagrin ou de Stress : *Les apparitions spectrales sont parfois rapportées dans des périodes de forte émotion personnelle, comme le deuil. Ces expériences peuvent être interprétées comme des tentatives de l'esprit pour trouver du réconfort ou de l'explication.*

2. Rituels et Cérémonies : Certains contextes culturels ou religieux, où des rituels sont effectués pour communiquer avec les esprits, peuvent également encourager les apparitions spectrales. Ces manifestations sont souvent vues comme des réponses aux invocations ou aux prières.

Explications scientifiques

Les apparitions spectrales, bien que fascinantes, sont souvent examinées à travers le prisme de la science pour trouver des explications rationnelles. Voici quelques-unes des principales théories scientifiques qui tentent de démystifier ces expériences :

Illusions d'Optique et Perception Visuelle

1. Conditions de Lumière : Les variations de lumière, comme les reflets ou les ombres, peuvent créer des illusions d'optique qui sont interprétées comme des apparitions. Des environnements faiblement éclairés, en particulier, peuvent tromper le cerveau en lui faisant percevoir des figures humaines.

2. Paréidolie : Ce phénomène psychologique pousse notre cerveau à percevoir des formes familières, comme des visages ou des silhouettes, dans des motifs aléatoires. Cela peut expliquer pourquoi certaines personnes voient des figures spectrales dans des motifs de lumière ou de texture.

Facteurs Environnementaux

1. Champs Électromagnétiques : Certaines études suggèrent que des niveaux élevés de champs électromagnétiques (CEM) peuvent affecter le cerveau humain, entraînant des sensations de présence ou des hallucinations visuelles. Les anciennes installations électriques ou les sites industriels peuvent avoir des niveaux de CEM anormalement élevés.

2. Infrasons : **Les infrasons,** ou sons de basse fréquence inaudibles par l'oreille humaine, peuvent provoquer des sensations de malaise, de peur, et des hallucinations. Ils peuvent être générés par des phénomènes naturels comme le vent ou par des machines.

Facteurs Psychologiques

1. Stress et Fatigue : Le stress, la fatigue, ou le manque de sommeil peuvent altérer la perception et augmenter la susceptibilité aux hallucinations. Dans des conditions extrêmes, le cerveau peut interpréter des stimuli ambigus comme des figures humaines.

2. Suggestion et Attentes Culturelles : Les attentes influencées par des histoires de fantômes ou des lieux réputés hantés peuvent prédisposer une personne à percevoir des apparitions. Le pouvoir de suggestion est fort, surtout dans des environnements où l'on s'attend à voir des fantômes.

Expériences Neurologiques

1. Épisodes de Paralysie du Sommeil : Pendant la paralysie du sommeil, une personne peut se réveiller incapable de bouger et voir des figures hallucinatoires dans la pièce. Ces épisodes peuvent être terrifiants et interprétés comme des rencontres spectrales.

2. Épilepsie Temporale : Certaines formes d'épilepsie peuvent provoquer des hallucinations visuelles et auditives, qui peuvent être interprétées comme des apparitions spectrales.

Bien que ces explications scientifiques ne couvrent pas tous les aspects des apparitions spectrales, elles offrent des perspectives rationnelles qui aident à comprendre comment des phénomènes naturels et psychologiques peuvent être mal interprétés comme des manifestations surnaturelles. Ces approches scientifiques encouragent un examen critique des expériences paranor-

males, tout en laissant la porte ouverte à une exploration continue et à la compréhension des mystères de l'esprit humain et de l'environnement.

Poltergeists, manifestations maléfiques

Les poltergeists, souvent traduits par "esprits frappeurs", sont un type particulier de phénomène paranormal associé à des manifestations physiques perturbatrices. Contrairement aux apparitions spectrales qui sont généralement visuelles, les poltergeists se distinguent par leur capacité à interagir physiquement avec le monde matériel, suscitant une fascination et une peur considérables.

Caractéristiques des Poltergeists

1. Activité Physique : Les poltergeists sont connus pour provoquer des mouvements d'objets, des bruits de coups, des chutes d'objets, et même des destructions matérielles. Les objets peuvent léviter, être projetés à travers une pièce, ou disparaître et réapparaître ailleurs.

2. Bruits Inexpliqués : Les bruits, tels que des coups, des grattements, ou des sons de pas, sont fréquents dans les cas de poltergeist. Ces bruits peuvent être localisés dans une zone spécifique ou se déplacer à travers un bâtiment.

3. Interactions Directes : Contrairement aux apparitions spectrales, les poltergeists semblent parfois interagir directement avec les personnes présentes. Cela peut inclure des tiraillements de vêtements, des poussées, ou même des morsures et des égratignures.

4. Évolution du Phénomène : Les activités des poltergeists peuvent débuter de manière subtile, avec de petits bruits ou mouvements, et s'intensifier progressivement vers des manifestations plus violentes et perturbatrices.

Théories et Explications

1. **Énergie Psychokinétique** : Une théorie suggère que les poltergeists pourraient être le résultat d'une énergie psychokinétique inconsciente émanant d'un individu, souvent un adolescent en période de stress émotionnel. Ce stress pourrait déclencher des capacités psychiques latentes, provoquant des manifestations physiques.

2.**Esprits Malveillants** : Dans certaines interprétations spirituelles et culturelles, les poltergeists sont considérés comme des esprits malveillants ou perturbés, cherchant à semer la confusion et la peur parmi les vivants.

3. **Fraudes et Canulars** : Certains cas de poltergeist se sont révélés être des canulars ou des farces, souvent perpétrés par des membres de la famille ou des amis cherchant à attirer l'attention ou à s'amuser.

4. **Phénomènes Naturels :** Des explications plus rationnelles incluent des phénomènes natu-

rels tels que les vibrations causées par des trains ou des travaux de construction, qui pourraient provoquer des mouvements d'objets et des bruits inexplicables.

Impact Culturel et Psychologique

Les récits de poltergeists ont une place de choix dans la culture populaire, inspirant de nombreux films, livres, et émissions de télévision. Ces récits exploitent souvent l'idée de forces invisibles et incontrôlables, jouant sur les peurs humaines fondamentales de l'inconnu et de la perte de contrôle.

Sur le plan psychologique, vivre une expérience de poltergeist peut être profondément perturbant, provoquant anxiété, stress, et peur. Les personnes touchées par ces phénomènes cherchent souvent des explications et des solutions, allant de l'intervention de médiums à des enquêtes scientifiques.

Les poltergeists, avec leur capacité à interagir physiquement avec le monde matériel, continuent de défier notre compréhension et de stimuler notre imagination. Qu'ils soient vus comme des manifestations psychiques, des esprits malveillants, ou des phénomènes naturels mal compris, ils demeurent un sujet captivant et mystérieux, invitant à l'exploration des limites entre le tangible et l'intangible.

Histoires de Poltergeists

Le phénomène s'est produit en 1986 dans une maison familiale de Monclar. La famille concernée a commencé à vivre une série d'événements étranges et inexpliqués, qui ont rapidement attiré l'attention des voisins et des enquêteurs. Les manifestations incluaient plusieurs phénomènes typiques des récits de poltergeist :

1. **Bruits Inexpliqués :** Des coups et des grattements ont été entendus à l'intérieur des murs de la maison, souvent sans source apparente.

2. **Objets en Mouvement** : Des objets ménagers ont été signalés comme se déplaçant seuls. Cela comprenait des ustensiles de cuisine, des meubles légers, et divers articles du quotidien qui sem-

blaient changer de place sans intervention humaine.

3. Appareils Électroménagers : Les appareils électroménagers, comme les téléviseurs et les radios, s'allumaient et s'éteignaient de manière autonome, ajoutant un sentiment de malaise et de mystère.

4. Sensations de Présence : Les membres de la famille ont rapporté des sensations de présence, comme s'ils étaient observés ou suivis par une entité invisible.

Le phénomène a rapidement attiré l'attention des médias locaux, et des enquêteurs en paranormal ont été appelés pour tenter de comprendre ce qui se passait. Les enquêteurs ont documenté certains des phénomènes, bien que les explications rationnelles aient été difficiles à établir.

Des experts en construction et en électricité ont été consultés pour vérifier si des causes naturelles, comme des problèmes structurels ou des interférences électriques, pouvaient expliquer les événements, mais aucune explication définitive n'a été trouvée.

Comme avec de nombreux cas de poltergeist, plusieurs hypothèses ont été proposées pour expliquer les événements de Monclar :

1. **Activité Psycho kinétique** : Certains ont suggéré que le phénomène pourrait être lié à une énergie psychique inconsciente, peut-être émanant d'un membre de la famille, souvent un adolescent, traversant une période de stress.

2. **Canular ou Exagération** : D'autres ont proposé que certains événements pourraient avoir été exagérés ou même fabriqués par les habitants ou par des individus extérieurs cherchant à attirer l'attention.

3. **Phénomènes Naturels** : Bien que des enquêtes aient été menées, certains ont continué à

rechercher des causes naturelles, telles que des vibrations ou des interférences électromagnétiques, pouvant expliquer les manifestations.

L'histoire du poltergeist de Monclar reste une des énigmes paranormales intrigantes en France, un cas où les explications rationnelles et paranormales se heurtent sans résolution claire. Que ce soit le produit de forces invisibles, d'effets psychologiques, ou d'autre chose, il continue d'alimenter l'intérêt et la curiosité autour des phénomènes inexpliqués.

I. Cheragas, actuellement connu sous le nom de Cheragas, est un quartier d'Alger, la capitale de l'Algérie. Dans les années 1960, alors que l'Algérie vivait les bouleversements de la période post-coloniale, une famille française vivant dans ce quartier a été confrontée à des événements étranges dans leur maison. Les phénomènes rapportés à Cheragas comprenaient des manifestations typiques associées aux poltergeists, mais avec quelques particularités :

1. Déplacements d'Objets : La famille a rapporté que des objets se déplaçaient d'eux-mêmes, parfois sous les yeux des témoins. Des meubles légers comme des chaises et des tables auraient été vus glissant sur le sol sans intervention humaine.

2. Bruits Inexplicables : Des bruits de coups et des tapotements répétés ont été entendus dans toute la maison, souvent sans point d'origine clair.

3. Apparitions Visuelles : Bien que les poltergeists soient généralement plus connus pour leurs manifestations physiques et auditives, il y aurait eu des rapports d'ombres ou de figures brèves aperçues à la périphérie de la vision.

4. Sensations de Présence : Les membres de la famille ont souvent déclaré ressentir une présence oppressante dans certaines parties de la maison, ce qui ajoutait à l'inquiétude générée par les événements.

La famille, déconcertée par ces événements, a cherché de l'aide auprès de voisins, de membres de la communauté et même de figures religieuses. Le phénomène a suscité l'intérêt des médias de l'époque, bien que la documentation précise soit limitée en raison des circonstances historiques et des tensions de l'époque.

Plusieurs hypothèses ont été avancées pour expliquer les phénomènes de Cheragas :

1. **Activité Psychique** : Comme dans de nombreux cas de poltergeist, il a été suggéré que l'activité pourrait être liée à l'énergie psychique d'un individu, potentiellement exacerbé par le stress ou l'anxiété, notamment dans le contexte de la période post-coloniale et des tensions qui en découlaient.

2. Esprits ou Entités : Dans le cadre culturel de l'Algérie, une explication spirituelle a été envisagée, certains pensant qu'il pourrait s'agir d'esprits perturbés ou de djinns, des êtres surnaturels de la mythologie islamique.

3. Fraude ou Méprise : Bien que moins souvent mentionné dans le contexte de Chéragas, l'idée que certains phénomènes pourraient avoir été exagérés ou mal interprétés n'est jamais complètement écartée dans les discussions sur les poltergeists.

Le poltergeist de Chéragas demeure un récit intrigant et mystérieux, illustrant comment les phénomènes inexpliqués peuvent captiver et perturber. Qu'il ait été le résultat de forces surnaturelles, de stress psychologique ou d'autres facteurs inconnus, l'histoire continue de susciter l'intérêt de ceux qui étudient les phénomènes paranormaux. Elle souligne également l'importance du contexte culturel et historique dans la manière dont de tels événements sont perçus et interprétés.

II. Cideville est un petit village situé dans le département de la Seine-Maritime en Normandie. L'histoire du poltergeist a commencé en 1850, lorsque la famille de l'instituteur local, M. et Mme Boullard, a commencé à vivre des événements étranges et inexplicables dans leur maison Les manifestations au sein de la maison Boullard ont été variées et ont consisté en plusieurs phénomènes typiques associés aux poltergeists :

1. Mouvements d'Objets : Les membres de la famille ont rapporté que des meubles et des objets du quotidien, tels que des chaises et des tables, se déplaçaient sans raison apparente. Des objets étaient souvent retrouvés à des endroits différents de ceux où ils avaient été laissés.

2. Bruissements et Bruits de Coups : Des bruits de coups et de grattements ont été entendus dans les murs et les plafonds, souvent à des moments où la maison était calme. Ces bruits étaient suffisamment forts pour alerter les membres de la famille et les voisins.

3. Objets Volants : Des témoignages affirment que des objets, comme des livres ou des ustensiles, étaient projetés à travers la pièce, souvent sans qu'aucune personne ne soit présente pour les lancer.

4. Apparitions : Bien que moins fréquentes, certaines personnes ont prétendu avoir vu des ombres ou des formes à l'intérieur et à l'extérieur de la maison, ce qui a ajouté au mystère et à l'anxiété entourant les événements.

Les manifestations ont rapidement attiré l'attention des voisins et des membres de la communauté, qui étaient à la fois intrigués et inquiets. La rumeur s'est répandue, et des curieux sont venus observer les événements. Les enquêteurs de l'époque, y compris des journalistes, ont commencé à s'intéresser au phénomène.

Les Boullard ont été visités par des enquêteurs de l'époque qui ont tenté de comprendre et de documenter les événements. La presse a relayé l'histoire, ce qui a contribué à sa notoriété croissante. Cependant, malgré l'attention, aucune explication définitive n'a pu être fournie.

Plusieurs hypothèses ont été avancées pour expliquer le poltergeist de Cideville :

1. **Énergie Psycho kinétique** : Comme dans de nombreux cas de poltergeist, certains ont suggéré que les manifestations pourraient être le résultat d'une énergie psychique inconsciente d'un membre de la famille, souvent une adolescente, qui pourrait avoir déclenché ces événements par son stress ou ses émotions.

2. **Esprits ou Entités** : Dans le folklore et la culture, il est courant de relier de tels événements à des esprits ou des entités perturbés, ce qui a conduit certains à croire que la maison était hantée par un esprit malveillant.

L'histoire du poltergeist de Cideville reste l'un des cas les plus captivants de manifestations paranormales en France. Malgré les nombreuses enquêtes et théories, le mystère des événements de Cideville demeure non résolu, attirant encore aujourd'hui l'intérêt des passionnés de paranormal et des chercheurs. Ce récit illustre comment les croyances culturelles, les émotions humaines, et le désir de comprendre l'inexplicable peuvent se croiser dans des histoires de fantômes et de poltergeists, laissant une empreinte durable dans le folklore local.

. **Voici quelques-unes des histoires de poltergeists les plus célèbres et intrigantes à travers le temps :**

Le Poltergeist d'Enfield (1977-1979)

L'un des cas de poltergeist les plus célèbres s'est produit à Enfield, en Angleterre, dans les années 1970. La famille Hodgson, vivant dans une maison modeste, a rapporté des phénomènes inexplicables tels que des meubles se déplaçant seuls, des coups sur les murs, et des objets lévitant. Les événements ont attiré l'attention des médias et des enquêteurs paranormaux. Bien que certains aient suggéré que les enfants de la famille auraient pu orchestrer certaines des manifestations, d'autres témoins, y compris des policiers et des journalistes, ont affirmé avoir vu des événements inexplicables.

Le Poltergeist de Rosenheim (1967)

En Allemagne, dans la ville de Rosenheim, un cabinet d'avocats a connu une série de perturbations étranges en 1967. Les lumières clignotaient, les téléphones sonnaient sans explication, et des photocopieurs fonctionnaient de manière autonome. L'enquête a révélé que ces événements semblaient se concentrer autour d'une jeune employée, Annemarie Schaberl. Bien que certaines explications techniques aient été proposées, le phénomène reste largement inexpliqué.

Le Poltergeist de Borley Rectory (1929-1939)

Borley Rectory, souvent décrit comme "la maison la plus hantée d'Angleterre", a été le site de nombreuses activités paranormales. Construit en 1862, le rectory a été témoin de phénomènes tels que des apparitions, des bruits de pas inexpliqués, et des objets se déplaçant seuls. Les événements ont été largement documentés par le chercheur paranormal Harry Price, bien que certains critiques aient suggéré que certaines manifestations ont pu être exagérées ou fabriquées.

Le Poltergeist de Bell Witch (1817-1821)

L'histoire de la Bell Witch, dans le Tennessee, est l'une des plus anciennes et des plus célèbres histoires de poltergeist aux États-Unis. La famille Bell a été tourmentée par un esprit invisible qui parlait, frappait, et infligeait des douleurs physiques aux membres de la famille, en particulier à John Bell et sa fille Betsy. L'esprit aurait même causé la mort de John Bell, ce qui fait de ce cas le seul où un esprit aurait été accusé de meurtre.

Le Poltergeist d'Amherst (1878)

À Amherst, en Nouvelle-Écosse, Esther Cox et sa famille ont vécu des événements troublants, y compris des objets se déplaçant seuls, des bruits forts, et même des incendies spontanés. L'activité semblait se concentrer autour d'Esther, et bien que certains aient suggéré qu'elle pouvait être à l'origine des manifestations, les événements restent inexpliqués.

Le Poltergeist de Sauchie (1960)

En Écosse, dans le petit village de Sauchie, une série d'événements mystérieux a eu lieu dans la maison de la famille MacKenzie. La jeune Virginia Campbell, âgée de 11 ans, semblait être au centre des perturbations, qui incluaient des bruits de coups, des meubles se déplaçant seuls, et *des objets lévitant. Ces phénomènes ont été observés par de nombreux témoins, y compris des enseignants et des enquêteurs, et restent inexpliqués à ce jour.*

Le Poltergeist de Thornton Heath (1972-1974)

Dans la banlieue de Londres, une famille résidant à Thornton Heath a été confrontée à des manifestations paranormales pendant plusieurs années. Les événements comprenaient des appareils électriques s'allumant et s'éteignant, des objets se déplaçant, et même des apparitions visuelles. Les perturbations ont culminé avec des bruits de coups violents et des voix désincarnées, provoquant une grande angoisse pour la famille jusqu'à ce qu'ils quittent finalement la maison.

Le Poltergeist de Battersea (1956)

Le cas de Shirley Hitchings à Battersea, Londres, a attiré une attention considérable dans les années 1950. Des objets volaient dans la mai-

son, des meubles bougeaient, et des messages furent laissés sur les murs. L'activité semblait entourer Shirley, une adolescente, et a duré plusieurs années. Des enquêteurs, y compris des journalistes et des chercheurs en paranormal, ont assisté à certains des événements, ajoutant de la crédibilité au phénomène rapporté.

Le Poltergeist de Great Amherst Mystery (1878)

En Nouvelle-Écosse, au Canada, la jeune Esther Cox a été victime d'événements paranormaux qui ont captivé l'imagination du public. Après avoir été victime d'une tentative d'agression, Esther a commencé à éprouver des manifestations étranges : des objets volaient à travers la pièce, des bruits de coups retentissaient, et des incendies spontanés éclataient. Le phénomène a attiré l'attention des médias et des enquêteurs, mais aucune explication définitive n'a été trouvée.

Le Poltergeist d'Olive Hill (1997)

Dans le Kentucky, une famille a rapporté des phénomènes perturbateurs, y compris des objets se déplaçant seuls, des bruits de coups, et des lumières clignotantes. L'activité semblait se concentrer autour d'un adolescent, et bien que plusieurs tentatives aient été faites pour expliquer ou arrêter les phénomènes, ils ont persisté pendant plusieurs mois avant de s'estomper.

Ces récits de poltergeists à travers le monde partagent souvent des caractéristiques similaires, telles que des manifestations physiques inexplicables et une focalisation autour d'individus spécifiques, souvent des adolescents. Alors que certains cas ont été expliqués comme des canulars ou des phénomènes naturels, beaucoup restent inexpliqués, alimentant le mystère et la fascination autour des poltergeists. Ces histoires continuent d'inspirer la recherche, les débats, et l'intérêt dans le domaine du paranormal.

Chapitre 2 : Les Dames Blanches

Dans les brumes légendaires de la France, où l'histoire et le folklore s'entrelacent, se dressent des récits envoûtants de dames blanches. Ces figures spectrales, drapées de voiles éthérés, errent à travers les forêts sombres et les ruines anciennes, portant avec elles des histoires de passion, de perte et de mystère.

Ce chapitre vous invite à plonger dans l'univers fascinant des dames blanches, ces âmes perdues qui hantent les lieux chargés de souvenirs. Que ce soit dans une vallée oubliée, au bord d'un lac scintillant ou dans les couloirs d'un château en ruine, chaque apparition raconte une légende unique, un avertissement ou une quête inachevée.

À travers ces pages, nous explorerons les origines de ces apparitions, les croyances qui les entourent et les rencontres troublantes de ceux qui ont croisé leur chemin. Préparez-vous à être captivé par des récits qui évoquent à la fois la beauté et l'angoisse, alors que nous levons le voile sur ces dames blanches, gardiennes des secrets du passé.

Les "dames blanches" sont des figures légendaires qui apparaissent dans de nombreuses cultures à travers le monde, mais elles sont particulièrement connues dans la tradition européenne. Leur appellation provient de plusieurs éléments symboliques et culturels :

Les dames blanches sont généralement décrites comme des femmes d'une beauté éthérée, vêtues de robes longues et blanches qui flottent autour d'elles. Leur visage est souvent pâle, avec des traits délicats, ce qui accentue leur aspect spectral. Parfois, elles sont représentées avec des cheveux longs et flottants, ajoutant à leur allure surnaturelle.

Les légendes évoquent souvent une expression de tristesse, de mélancolie ou de désespoir sur leur visage. Leur regard peut être décrit comme perçant, comme si elles étaient plongées dans des pensées lointaines ou des souvenirs douloureux.

Les dames blanches sont souvent dépeintes comme errant silencieusement dans des lieux isolés, apparaissant soudainement au détour d'un chemin ou à la lisière d'une forêt. Elles peuvent être vues se tenant près de l'eau, comme des rivières ou des lacs, ou se tenant dans des ruines anciennes. Leur mouvement est souvent décrit comme gracieux, presque flottant, renforçant leur nature fantomatique.

Les apparitions sont souvent accompagnées de phénomènes étranges, tels que des changements de température, des bruits inattendus (comme des murmures ou des pleurs) ou des sensations de malaise. Ces éléments contribuent à créer une atmosphère de mystère et d'angoisse autour de leur apparition.

Dans certaines légendes, elles apparaissent comme des protectrices, guidant les voyageurs perdus ou avertissant des dangers. Dans d'autres, elles sont des signes de malheur ou de présages, signalant une mort imminente ou un événement tragique.

Les dames blanches sont souvent perçues comme des esprits ou des fantômes, représentant des âmes qui n'ont pas trouvé le repos. Leur apparition peut être liée à des lieux chargés d'histoire, tels que des châteaux, des lacs ou des forêts, où des événements tragiques se sont déroulés.

Leurs Histoires

Les dames blanches apparaissent sous différentes formes et légendes à travers le monde, chacune ayant ses propres caractéristiques et histoires. Voici quelques-unes des plus célèbres :

1. La Dame Blanche de Nérac : Dans la région de Nérac en France, cette apparition est souvent associée à des récits de tragédie et de perte. Elle est décrite comme une femme aux cheveux longs et aux vêtements flottants, errant autour des ruines d'un château, cherchant son amour perdu.

2. La Llorona (La Femme qui pleure) : Originaire des légendes mexicaines, La Llorona est une dame blanche qui pleure la perte de ses enfants. Elle erre près des rivières et des lacs, appelant les âmes des vivants et avertissant des dangers imminents. Son histoire est souvent interprétée comme un avertissement sur les conséquences de la négligence maternelle.

3. La Dame Blanche de la forêt de Brocéliande : Cette légende bretonne évoque une dame blanche qui apparaît aux voyageurs dans la forêt de Brocéliande. Elle est souvent associée à la magie et aux contes arthuriens, et son apparition est perçue comme un signe de guidance ou de protection.

4. La Dame Blanche de Puy du Fou : Cette apparition est liée à des récits historiques dans la région des Pays de la Loire, où une dame blanche est censée apparaître pour protéger le château et ses occupants. Elle est souvent associée à des événements tragiques survenus dans le passé.

5. La Dame Blanche de l'Ermitage : Dans certaines légendes d'Alsace, une dame blanche est liée à un ermitage, apparaissant comme un esprit bienveillant qui aide ceux qui cherchent des réponses spirituelles ou des conseils.

6. La Dame Blanche de la Route de la Morte : Dans de nombreuses cultures, une dame blanche est souvent associée à des routes dangereuses, où elle apparaît aux conducteurs comme un avertissement de dangers imminents ou d'accidents à venir.

7. La Dame Blanche de Cracovie : En Pologne, cette apparition est liée à la légende de la ville de Cracovie. La dame blanche est souvent décrite comme l'esprit d'une reine ou d'une noble, errant dans le château de Wawel, gardant un trésor ou protégeant la ville.

8. La Dame Blanche de Glencoe : Dans les Highlands écossais, cette apparition est liée à la tragédie du massacre de Glencoe en 1692. Les témoins affirment avoir vu une femme vêtue de blanc errer dans la vallée, pleurant la perte de sa famille et de son clan, servant de symbole de chagrin et de vengeance.

9. La Dame Blanche de l'île de Skye : Une autre légende écossaise parle d'une dame blanche qui apparaît sur l'île de Skye. Elle est souvent décrite comme une protectrice des terres et des habitants, offrant des conseils ou des avertissements aux voyageurs qui croisent son chemin.

10. La Dame Blanche de la vallée de la Loire : Dans cette région de France, des histoires circulent sur une dame blanche qui apparaît près des châteaux, comme celui d'Amboise. Elle est souvent associée à des romances tragiques et à des fantômes de nobles disparus.

11. La Dame Blanche de Gaspésie : Au Canada, cette légende raconte l'histoire d'une femme qui aurait été trahie et qui, en guise de vengeance, hante les rivages de la Gaspésie. Elle apparaît aux pêcheurs et aux marins, les avertissant des tempêtes et des dangers en mer.

12. La Dame Blanche de la cathédrale de Strasbourg : Selon la légende alsacienne, une dame blanche est vue dans la cathédrale de Strasbourg, souvent en train de prier ou de pleurer. Elle est considérée comme l'esprit d'une femme pieuse qui veille sur les âmes des fidèles.

13. La Dame Blanche de l'abbaye de Jumièges : Cette apparition est liée à l'histoire de l'abbaye en Normandie, où une dame blanche est censée apparaître pour protéger les lieux et les moines. Elle est souvent associée à des miracles et des événements surnaturels.

14. La Dame Blanche de la Montagne : Dans certaines traditions, on parle d'une dame blanche qui apparaît aux alpinistes et aux randonneurs dans les montagnes, les guidant en toute sécurité ou les avertissant des dangers d'une montée périlleuse.

Les dames blanches hantant les châteaux sont des figures emblématiques du folklore européen, souvent liées à des histoires de tragédie, d'amour perdu et de mystère. Voici quelques exemples et récits associés à ces apparitions dans des châteaux célèbres :

1. La Dame Blanche de Chenonceau : Ce château, surnommé le "château des dames", est lié à plusieurs légendes de dames blanches. On raconte que le fantôme de Diane de Poitiers, la maîtresse du roi Henri II, apparaît parfois dans les jardins ou les couloirs, cherchant à protéger sa demeure et à veiller sur ceux qui y séjournent.

2. La Dame Blanche de Chambord : Au château de Chambord, une légende parle d'une dame blanche qui apparaît dans les jardins. Elle est souvent décrite comme l'esprit d'une noble ayant vécu dans le château, errant à la recherche d'un amour perdu ou d'une vengeance pour une trahison.

3. La Dame Blanche du Mont Saint-Michel : Selon la légende, une dame blanche hante le Mont Saint-Michel. Elle est souvent associée à des récits de protection, apparaissant aux marins pour les avertir des tempêtes et les guider en toute sécurité vers le rivage.

4. La Dame Blanche de la forteresse de Carcassonne : Cette légende raconte l'histoire d'une noble femme qui aurait été trahie et condamnée à mort. Son esprit hante les murs de la forteresse, apparaissant aux visiteurs pour leur faire part de son chagrin et de sa quête de justice.

5. La Dame Blanche de Castelnaud : Dans le château de Castelnaud, on raconte qu'une dame blanche apparaît avant des batailles, avertissant les soldats des dangers à venir. Son apparition est perçue comme un signe de malheur pour ceux qui ne prennent pas ses avertissements au sérieux.

6. La Dame Blanche de la Rochepot : Cette légende alsacienne évoque une dame blanche qui hante le château de Rochepot. Son apparence est souvent associée à des événements tragiques, et elle est considérée comme une protectrice des terres environnantes.

7. La Dame Blanche de la citadelle de Besançon : Dans cette citadelle, la légende parle d'une dame blanche qui apparaît aux soldats et aux visiteurs. Elle est souvent perçue comme un esprit bienveillant, offrant des conseils aux voyageurs perdus dans la citadelle.

Ces histoires de dames blanches hantant des châteaux ajoutent une dimension mystique et romantique à ces lieux historiques. Elles reflètent les émotions humaines universelles de chagrin, d'amour et de quête de justice, tout en captivant l'imagination des visiteurs et des passionnés de folklore. Ces apparitions continuent d'alimenter les récits et de renforcer le caractère énigmatique de ces châteaux emblématiques.

8. La Dame Blanche du château de Gien : Au château de Gien, une légende raconte qu'une dame blanche apparaît près des douves. Elle est souvent associée à une tragédie familiale, cherchant à protéger les membres de sa lignée et à prévenir les malheurs qui pourraient les frapper.

9. La Dame Blanche de la forteresse de Montbazon : Cette forteresse médiévale est le théâtre d'histoires de dames blanches qui apparaissent aux visiteurs. On dit que l'esprit d'une noble femme, trahie par son époux, erre dans les couloirs, implorant justice pour son sort et avertissant les vivants des dangers de la trahison.

10. La Dame Blanche de l'abbaye de Jumièges : Cette abbaye, située en Normandie, est connue pour ses histoires de fantômes, notamment celle d'une dame blanche qui apparaît dans les ruines. Elle est souvent perçue comme l'esprit d'une religieuse, veillant sur l'abbaye et ses occupants, et apparaissant aux visiteurs pour leur transmettre des messages de paix.

11. La Dame Blanche du château de Saumur : Selon la légende, une dame blanche hante le château de Saumur, apparaissant aux chevaliers avant les batailles pour les avertir des conséquences de leurs actions. Elle serait l'âme d'une noble femme qui a perdu son mari au combat, cherchant à protéger ceux qui se battent.

12. La Dame Blanche du château de Falaise : Dans ce château normand, on évoque l'apparition d'une dame blanche qui serait l'esprit d'une princesse, cherchant à retrouver son amour perdu. Les témoins rapportent des histoires de lumière émanant de la tour, créant une atmosphère mystique.

13. La Dame Blanche de la forteresse de Château-Gontier : Une légende locale parle d'une dame blanche qui apparaît aux abords du château, offrant des avertissements aux habitants sur les dangers imminents. Son apparition est souvent perçue comme un appel à la vigilance.

14. La Dame Blanche de Montargis : *Dans cette ville, une dame blanche est associée à un ancien château. Elle est considérée comme une protectrice des âmes perdues, apparaissant aux voyageurs pour les guider à travers les forêts environnantes, surtout la nuit.*

Ces récits, bien que variés dans leur contenu, partagent des thèmes communs de perte, de protection et de justice. Les dames blanches deviennent ainsi des symboles des émotions humaines, illustrant les luttes et les triomphes des âmes, tout en continuant d'alimenter le mystère et l'attrait des châteaux qui, à travers les siècles, ont été témoins de tant d'histoires. Ces légendes attirent toujours les visiteurs, fascinés par l'idée que le passé continue de vivre à travers les récits des dames blanches.

Des Messagères

Les dames blanches, en tant que figures mystiques, sont souvent considérées comme porteuses de messages ou de significations profondes dans les légendes et le folklore. Voici quelques aspects de leur rôle en tant que messagères :

1. Avertissements et présages : Dans de nombreuses histoires, les dames blanches apparaissent pour avertir les vivants des dangers imminents. Que ce soit un accident de voiture, une tempête ou un événement tragique, leur apparition est souvent interprétée comme un signe à prendre au sérieux.

2. Guides spirituels : Les dames blanches peuvent agir comme des guides spirituels, aidant ceux qui se trouvent perdus, tant physiquement que spirituellement. Elles offrent des conseils et des orientations, conduisant les âmes en quête de sens ou de rédemption sur le bon chemin.

3. Messages d'amour et de perte : Souvent, les dames blanches sont associées à des histoires d'amour tragiques. Leur apparition peut symboliser un message d'affection éternelle, rappelant aux vivants que l'amour transcende la mort. Elles représentent les liens indéfectibles entre les êtres, même après la perte.

4. Rappels de justice : Certaines dames blanches cherchent à faire entendre la voix des opprimés ou des victimes. Leur apparition peut être perçue comme un appel à la justice, soulignant les injustices passées et incitant les vivants à réfléchir sur leurs actions et leurs choix.

5. Symboles de protection : Dans certaines légendes, les dames blanches protègent les voyageurs et les habitants des dangers, leur apportant une forme de réconfort. Leur présence est souvent interprétée comme un signe que les esprits veillent sur le bien-être des vivants.

6. Messages de réconciliation : Les dames blanches peuvent également incarner des messages de réconciliation, encourageant les vivants à résoudre des conflits non résolus ou à faire la paix avec des événements du passé. Elles peuvent inciter à la réflexion sur les relations humaines et la nécessité de guérir les blessures émotionnelles.

7. Symboles de l'au-delà : En tant que figures spirituelles, les dames blanches rappellent souvent aux vivants l'existence d'un monde au-delà de la vie. Leur apparition peut être perçue comme un message d'espoir, évoquant l'idée que la mort n'est pas une fin, mais plutôt une transition.

Ces facettes des dames blanches en tant que porteuses de messages enrichissent leur légende, *ajoutant une profondeur émotionnelle et spirituelle à leur rôle dans le folklore. Elles deviennent ainsi des symboles de l'interconnexion entre les vivants et les morts, entre le passé et le présent, et entre l'amour et la perte.*

Auto-stoppeuses

Les légendes de dames blanches auto-stoppeuses sont des récits fascinants qui circulent dans de nombreuses cultures, souvent associées à des histoires d'apparitions mystérieuses le long des routes. Voici quelques éléments clés et exemples de ces histoires :

1. Le concept de l'auto-stoppeuse fantomatique : Dans ces récits, une femme en robe blanche est souvent vue sur le bord de la route, sollicitant un trajet. Une fois que le conducteur s'arrête pour lui offrir de l'aide, des événements étranges surviennent, et la femme peut disparaître mystérieusement avant d'atteindre sa destination.

2. Avertissements et présages : Dans de nombreuses histoires, la dame blanche auto-stoppeuse apparaît pour avertir le conducteur d'un danger imminent, tel qu'un accident à venir ou une route dangereuse. Son apparition est perçue comme un signe à prendre au sérieux, souvent liée à une tragédie passée sur cette même route.

3. L'histoire d'une tragédie : Souvent, ces dames blanches sont liées à des histoires tragiques, comme un accident de voiture dans lequel elles ont perdu la vie. Leur esprit erre le long de la route, cherchant à communiquer ou à se venger de ceux qui ne prennent pas au sérieux les avertissements des esprits.

4. Exemples célèbres :

- **La Llorona (La Femme qui pleure)** : Bien qu'elle soit principalement associée aux rivières, certaines versions de cette légende au Mexique évoquent une femme en blanc qui apparaît sur des routes, demandant de l'aide avant de disparaître, souvent associée à des histoires de perte d'enfants.

- **La Dame Blanche de la Route de la Morte** : Dans plusieurs pays, cette légende raconte qu'une femme en robe blanche est vue sur des routes isolées, attirant les conducteurs. Une fois à l'intérieur du véhicule, elle peut révéler une histoire tragique ou disparaître avant d'arriver à destination.

- **La Dame de la Route de Tournai (Belgique)** : Dans cette légende, une dame blanche est aperçue par des automobilistes, demandant à être conduit chez elle. Une fois dans la voiture, elle se transforme en esprit, révélant qu'elle est morte depuis longtemps et que son âme erre sur cette route.

5. Symbolisme et interprétations :

Les dames blanches auto-stoppeuses représentent souvent des thèmes de perte, de regret et de connexion entre les vivants et les morts. Elles illustrent les dangers de la route et rappellent aux conducteurs de rester vigilants et respectueux, en soulignant les histoires tragiques de ceux qui ont perdu la vie sur ces voies.

Ces récits continuent de captiver l'imagination, mêlant mystère et réalité, tout en mettant en lumière les émotions humaines universelles liées à la perte et à la quête de rédemption. Les dames blanches auto-stoppeuses sont ainsi des symboles de la fragilité de la vie et de l'impact durable des histoires passées sur le présent.

Voici d'autres éléments concernant les dames blanches auto-stoppeuses, ainsi que des récits et variations qui enrichissent cette légende :

6. Les variations culturelles : Les dames blanches auto-stoppeuses existent sous différentes formes à travers le monde. Par exemple, dans certaines cultures asiatiques, les histoires parlent de femmes vêtues de blanc qui apparaissent sur le bord des routes, souvent liées à des tragédies familiales ou à des situations de malheur. Chaque culture adapte cette figure aux croyances et aux événements historiques propres à sa région.

7. Récits de rencontres : De nombreux témoignages de conducteurs font état de rencontres avec des dames blanches auto-stoppeuses. Dans ces récits, la femme peut donner des indications précises sur une route à éviter ou un événement tragique du passé. Parfois, après avoir délivré son message, elle disparaît, laissant le conducteur perplexe et troublé.

8. La dame blanche et les routes isolées : Les histoires de dames blanches sont souvent associées à des routes rurales ou isolées, où la solitude et l'obscurité amplifient le mystère de leur apparition. Ces lieux, souvent chargés d'histoires tragiques, deviennent des points de rencontre entre les vivants et les esprits.

9. Les conséquences de l'ignorance : Dans de nombreux récits, le conducteur qui ignore les avertissements de la dame blanche subit des conséquences tragiques, comme un accident ou une malchance. Ces histoires servent d'avertissement sur l'importance d'écouter les signes et les messages des esprits, soulignant la connexion entre le monde des vivants et celui des morts.

10. Les adaptations contemporaines : Avec l'évolution des technologies, certaines versions modernes de ces légendes intègrent des éléments contemporains, comme des applications de navigation ou des réseaux sociaux. Des histoires circulent sur des conducteurs utilisant des applications de covoiturage qui rencontrent des passagers mystérieux, qui disparaissent ensuite sans explication.

11. L'impact sur la culture populaire : Les dames blanches auto-stoppeuses ont inspiré de nombreuses œuvres de fiction, des films d'horreur aux romans fantastiques. Leur mystère et leur tragédie continuent de captiver l'imagination des auteurs et des réalisateurs, faisant d'elles des figures récurrentes du genre surnaturel.

12. Les lieux de mémoire : Certaines routes où des rencontres avec des dames blanches ont été rapportées deviennent des lieux de mémoire, attirant des curieux et des chasseurs de fantômes. Ces endroits sont souvent marqués par des hommages ou des veillées en mémoire des tragédies qui s'y sont produites.

Ces récits de dames blanches auto-stoppeuses, bien qu'ils varient d'une culture à l'autre, partagent une essence commune de mystère et d'avertissement. Elles incarnent des émotions humaines profondes et rappellent que la frontière entre le monde des vivants et celui des morts peut parfois s'estomper, créant des liens mystérieux entre les deux. Ces histoires continuent d'évoluer, enrichissant le folklore et captivant ceux qui les entendent.

Chapitre 3 : Les Apparitions Mariales

Les apparitions mariales sont des événements où la Vierge Marie est censée apparaître et communiquer avec des individus. Certaines de ces apparitions ont été reconnues par l'Église catholique et sont considérées comme dignes de foi. Voici quelques exemples célèbres :

1. Notre-Dame de Lourdes (1858) : À Lourdes, en France, Bernadette Soubirous a rapporté avoir vu une apparition de la Vierge Marie dans une grotte. L'apparition a été identifié comme "l'Immaculée Conception". Lourdes est devenu un lieu de pèlerinage important et est célèbre pour ses eaux considérées comme miraculeuses.

2. Notre-Dame de Fatima (1917) : À Fatima, au Portugal, trois enfants (Lucia, Francisco et Jacinta) ont rapporté avoir vu des apparitions de la Vierge Marie. Elle leur a transmis des messages de prière, de pénitence et de la nécessité de se consacrer à son cœur immaculé. Les événements de Fatima ont été officiellement reconnus par l'Église en 1930.

3. Notre-Dame de La Salette (1846) : Deux enfants, Mélanie Calvat et Maximin Giraud, ont rapporté une apparition de la Vierge Marie à La Salette, en France. Elle a transmis un message de conversion et de réconciliation. L'Église a reconnu cette apparition en 1851.

4. Notre-Dame de Guadalupe (1531) : Selon la tradition, la Vierge Marie est apparue à Juan Diego, un Indien mexicain, au mont Tepeyac. Elle a demandé la construction d'une église en son honneur. L'image de la Vierge de Guadalupe est devenue un symbole important de la foi catholique au Mexique et a été reconnue par l'Église.

5. Notre-Dame de Knokke (1949) : Cette apparition a eu lieu en Belgique, où plusieurs témoins ont rapporté avoir vu la Vierge Marie. Bien que moins connue, elle a été reconnue par l'Église et est célébrée par les fidèles.

6. Notre-Dame de Pontmain (1871) : À Pontmain, en France, la Vierge Marie est apparue à des enfants pendant la guerre franco-prussienne. Elle a délivré un message de paix et d'espoir. L'apparition a été reconnue par l'Église en 1872.

7. Notre-Dame de la Médaille Miraculeuse (1830) : Catherine Labouré, une religieuse de la Charité, a rapporté avoir vu une apparition de la Vierge Marie à Paris. Marie lui a demandé de frapper une médaille représentant son image, promettant des grâces à ceux qui la porteraient avec foi. La médaille est devenue un symbole de dévotion mariale et a été largement diffusée.

8. Notre-Dame de Banneux (1933) : À Banneux, en Belgique, une jeune fille nommée Mariette Beco a rapporté avoir vu la Vierge Marie dans un jardin. Marie a déclaré qu'elle était "la Vierge des Pauvres" et a demandé que des prières soient faites pour les souffrants. L'Église a reconnu cette apparition en 1949.

9. Notre-Dame de la Paix (1983) : Dans la ville de San Nicolás, en Argentine, une apparition de la Vierge Marie a été rapportée par une femme nommée Gladys Quiroga. Cette apparition a été reconnue par l'Église en 2016 et est devenue un lieu de pèlerinage pour ceux qui cherchent la paix et la réconciliation.

10. Notre-Dame de la Réconciliation (1981) : À Medjugorje, en Bosnie-Herzégovine, un groupe de voyants a rapporté des apparitions de la Vierge Marie. Bien que l'Église n'ait pas officiellement reconnu les apparitions, elles attirent des millions de pèlerins chaque année, et des déclarations officielles ont encouragé les visites.

11. Notre-Dame de l'Assomption : Bien que l'Assomption de Marie soit une doctrine catholique, il existe plusieurs récits d'apparitions mariales associées à cette fête. Par exemple, des histoires de la Vierge Marie apparaissant pour réconforter les fidèles ou pour rappeler l'importance de son Assomption dans la foi chrétienne.

12. Notre-Dame de l'Annonciation à San Juan (1996) : À San Juan, en Argentine, plusieurs personnes ont rapporté des apparitions de la Vierge Marie. L'événement a été reconnu par l'Église locale, soulignant le message de conversion et de rédemption qu'elle a transmis.

13. Notre-Dame de la Sainte Espérance (1914) : À l'abbaye de Tamié, en France, des apparitions de la Vierge Marie ont été rapportées par des moines cisterciens. Elle aurait demandé une plus grande dévotion à son Fils et l'importance de prier pour la paix. L'Église a reconnu ces événements comme des manifestations de la présence mariale.

14. Notre-Dame de La Salette (1846) : Bien que déjà mentionnée, il convient de noter que l'apparition de La Salette a été très significative car elle est souvent associée à des messages de réconciliation et de conversion, et a eu un impact profond sur la spiritualité catholique en France et au-delà.

15. Notre-Dame de Caravaggio (1432) : À Caravaggio, en Italie, une apparition de la Vierge Marie a été rapportée par un paysan. Elle lui aurait demandé de construire une église en son honneur. Cette apparition a été reconnue par l'Église, et le sanctuaire de Caravaggio est devenu un lieu de pèlerinage.

16. Notre-Dame de la Révélation (1947) : À Tre Fontane, près de Rome, une apparition de la Vierge Marie a été rapportée par un mystique, Pierina Gilli. Elle aurait demandé la prière et la dévotion au Sacré-Cœur de Jésus. Cette apparition a été reconnue par l'Église en 1984.

17. Notre-Dame de la Miséricorde (1978) : À Ghiaie di Bonate, en Italie, une jeune fille nommée Gianna Beretta Molla a rapporté des apparitions de la Vierge Marie, qui lui aurait demandé de prier pour la paix. L'Église a reconnu ces événements en 2002.

18. Notre-Dame de l'Église (1990) : À Cuenca, en Équateur, une apparition de la Vierge Marie a été rapportée par un groupe de fidèles. Elle a exhorté à la prière pour les prêtres et à l'unité dans l'Église. L'apparition a été reconnue par l'Église locale.

19. Notre-Dame de la Lumière (1983) : À Cova da Iria, à Fatima, au Portugal, une apparition de la Vierge Marie a été rapportée par des enfants, qui ont vu des lumières et entendu des messages. Bien que Fatima soit déjà mentionnée, il est important de noter que les lumières et les miracles associés aux apparitions continuent d'attirer l'attention et la dévotion des fidèles.

20. Notre-Dame de l'Immaculée Conception : Bien que ce ne soit pas une apparition spécifique, des témoignages d'apparitions de la Vierge Marie sous ce titre se sont multipliés au fil des siècles, renforçant la dévotion à l'Immaculée Conception, doctrine proclamée en 1854 par le pape Pie IX.

Ces apparitions mariales, reconnues par l'Église catholique, sont souvent accompagnées de messages de paix, de prière, de repentance et d'amour. Elles permettent aux croyants de ren-

forcer leur foi et leur dévotion envers Marie, tout en leur rappelant l'importance de la prière et de la conversion dans leur vie spirituelle. Les lieux d'apparition continuent d'attirer des pèlerins du monde entier, faisant écho à l'impact durable des messages mariaux dans l'histoire de l'Église.

Chapitre 4 : Événements paranormaux

Les rencontres paranormales sont des événements qui échappent aux explications scientifiques et logiques. Elles sont souvent liées à des phénomènes inexplicables, des apparitions fantomatiques, des expériences spirituelles ou des manifestations surnaturelles. Voici quelques catégories et exemples de rencontres paranormales :

L'expérience de mort imminente

L'expérience de mort imminente (EMI) est un phénomène fascinant qui suscite à la fois curiosité et débats. Elle se produit souvent lorsque des personnes frôlent la mort en raison d'une maladie grave, d'un accident ou d'une situation de danger extrême. Voici un développement sur les aspects clés de ces expériences :

Une EMI est généralement définie comme une expérience subjective vécue par une personne qui se retrouve proche de la mort ou qui croit qu'elle va mourir. Les caractéristiques communes incluent :

- **Sensation de flottement ou de séparation** : Beaucoup de personnes rapportent une sensation de désincarnation, comme si elles flottaient en dehors de leur corps. Elles décrivent souvent une vue panoramique de leur environnement, y compris des événements autour d'elles, même lorsqu'elles étaient inconscientes.

- **Passage à travers un tunnel :** Un motif fréquent est la sensation de traverser un tunnel sombre, souvent accompagné d'une lumière brillante à l'autre extrémité. Cette lumière est souvent décrite comme chaleureuse et accueillante.

- **Rencontres avec des êtres chers ou des entités spirituelles** : De nombreux témoins évoquent des rencontres avec des proches décédés, des guides spirituels ou même des figures religieuses. Ces rencontres sont souvent perçues comme réconfortantes et pleines d'amour.

- **Révision de la vie :** Certaines personnes rapportent avoir revu les moments marquants de leur vie, souvent dans un format de "film" qui leur permet de ressentir les émotions de leurs actions, tant positives que négatives.

- **Sentiment de paix et d'amour inconditionnel** : Les témoignages parlent souvent d'une sensation profonde de paix, d'amour inconditionnel et d'une compréhension de l'univers qui transcende les limites de la vie terrestre.

L'intérêt pour les EMI a suscité de nombreuses études. Des chercheurs comme le Dr Raymond Moody, auteur de "Life After Life", ont documenté des milliers de cas d'EMI et ont identifié des motifs récurrents. D'autres études, comme celles menées par le Dr Sam Parnia, se concentrent sur les aspects physiologiques et psychologiques des EMI.

Des recherches ont également été menées sur les EMI dans différents contextes culturels et religieux, montrant que bien que les détails puissent varier, les thèmes universels d'amour et de lumière semblent constants.

Les EMI soulèvent des questions profondes sur la conscience, la spiritualité et la vie après la mort. Les interprétations varient :

- ***Perspectives spirituelles*** : Beaucoup de personnes considèrent les EMI comme des preuves d'une vie après la mort, renforçant leur foi et leur compréhension de l'existence spirituelle.

- ***Explications psychologiques*** : Certains chercheurs suggèrent que les EMI peuvent être des réactions psychologiques au stress de la mort imminente, provoquées par des mécanismes de survie du cerveau en situation de crise.

- ***Conscience et neurologie*** : Les EMI interrogent notre compréhension actuelle de la conscience. Des questions se posent sur la nature de l'esprit et si la conscience peut exister indépendamment du corps.

Les personnes ayant vécu une EMI rapportent souvent des changements durables dans leur perception de la vie. Cela peut inclure :

- ***Réévaluation des priorités :*** Beaucoup font l'expérience d'une transformation personnelle, avec une nouvelle appréciation pour la vie, l'amour et les relations humaines.

- Diminution de la peur de la mort : Les témoins de ces expériences signalent souvent une réduction significative de leur peur de la mort, ayant vécu une expérience qui leur a semblé réelle et positive.

- Engagement spirituel accru : Certaines personnes deviennent plus spirituelles ou religieuses après une EMI, cherchant à comprendre leur expérience et à partager leur message avec les autres.

De nombreux témoignages d'EMI sont devenus célèbres, comme celui de l'écrivain et médecin Dr Eben Alexander, qui a décrit son expérience dans "Proof of Heaven". D'autres récits, comme ceux de personnes ayant survécu à des situations de combat ou à des maladies graves, enrichissent le corpus de témoignages.

Les expériences de mort imminente continuent d'intriguer et de provoquer des réflexions profondes sur la vie, la mort et ce qui pourrait exister au-delà. Qu'elles soient interprétées comme des expériences spirituelles, psychologiques ou neurologiques, elles soulignent la complexité de la conscience humaine et notre quête de compréhension face à l'inconnu. Les EMI peuvent également

Offrir réconfort à ceux qui s'interrogent sur la nature de l'existence et la possibilité d'une vie après la mort.

Voici d'autres aspects concernant les expériences de mort imminente (EMI), en approfondissant les thèmes, les recherches et les impacts associés à ces phénomènes :

Les expériences de mort imminente ne sont pas uniformes et varient considérablement selon les contextes culturels et religieux. Voici quelques exemples :

- **Influence religieuse** : Dans des cultures où la religion joue un rôle central, les EMI peuvent inclure des éléments spécifiques à la foi, comme des rencontres avec des figures religieuses (Jésus, Bouddha, etc.) ou des visions liées à des croyances culturelles sur la vie après la mort.

- **Symbolisme culturel** : Les descriptions de tunnels ou de lumières peuvent être interprétées différemment selon les traditions culturelles. Par exemple, dans certaines cultures amérindiennes, des visions de paysages naturels ou d'animaux spirituels peuvent être rapportées.

- **Variabilité des émotions** : Les émotions ressenties pendant une EMI peuvent également varier. Alors que beaucoup décrivent des sensations de paix et d'amour, d'autres peuvent éprouver des sentiments de peur ou de confusion, en fonction de leurs croyances personnelles et de leurs expériences de vie.

Le domaine des scientifiques s'intéresse de plus en plus aux EMI. Certaines recherches explorent les mécanismes physiologiques et neurologiques qui pourraient expliquer ces expériences :

- **_Défaillances cérébrales_** : Des études ont montré que certaines expériences de flottement ou de désincarnation pourraient être liées à des défaillances temporaires du cerveau, comme une hypoxie (manque d'oxygène) qui affecte la perception et peut provoquer des hallucinations.

- **_Libération de neurotransmetteurs_** : Les scientifiques étudient la possibilité que la libération de neurotransmetteurs, comme la sérotonine et la dopamine, puisse jouer un rôle dans les sensations de bien-être et d'euphorie souvent rapportées lors des EMI.

- **_Études sur la conscience_** : Des chercheurs comme le Dr Sam Parnia examinent les EMI dans le cadre de l'étude de la conscience, cherchant à comprendre comment la conscience peut persister indépendamment du fonctionnement cérébral normal.

Les récits individuels d'EMI sont souvent poignants et détaillés. Voici quelques aspects notables :

- **Impact émotionnel** : Les témoignages des personnes ayant vécu une EMI sont souvent chargés d'émotion. Les récits de rencontres avec des proches décédés ou de moments de réconciliation sont fréquents.

- **Récits de transformation** : De nombreux témoins rapportent que leur expérience a eu un impact profond sur leur vie, les incitant à changer de carrière, à améliorer leurs relations ou à s'engager dans des activités de bénévolat.

- **Partage et sensibilisation** : Beaucoup de personnes ayant vécu une EMI se sentent appelées à partager leur expérience pour aider les autres à surmonter leur peur de la mort ou à approfondir leur compréhension de la spiritualité.

Malgré l'intérêt croissant pour les EMI, certaines critiques et scepticismes persistent :

- **Explications rationnelles** : Certains sceptiques soutiennent que les EMI peuvent être expliquées par des processus physiologiques ou psychologiques, et que les récits sont le résultat d'interprétations subjectives.

- **Biais de confirmation** : Les critiques soulignent le risque de biais de confirmation dans les témoignages, où les individus peuvent être influencés par des attentes culturelles ou religieuses sur ce que signifie "l'expérience de la mort".

- **Recherche limitée :** Bien que des études aient été menées, la recherche sur les EMI est encore relativement limitée, et certains chercheurs appellent à des études plus rigoureuses et contrôlées pour mieux comprendre ces phénomènes.

Les EMI ont un impact croissant sur la société et la spiritualité contemporaine :

- **Mouvements spirituels** : Les témoignages d'EMI ont contribué à la popularité de divers mouvements spirituels qui explorent la conscience, la réincarnation et la vie après la mort.

- **Réflexion sur la mortalité** : Les EMI incitent de nombreuses personnes à réfléchir à leur propre mortalité et à la manière dont elles vivent leur vie, en cherchant souvent à donner un sens plus profond à leur existence.

- **Évolution des soins palliatifs** : Les récits d'EMI influencent également le domaine des soins palliatifs, où les professionnels de la santé intègrent des approches holistiques qui tiennent compte des dimensions spirituelles et émotionnelles des patients en fin de vie.

Les expériences de mort imminente continuent d'être un domaine de fascination, d'exploration et de débat. Qu'elles soient perçues comme des preuves d'une vie après la mort, des phénomènes psychologiques ou des expériences neurologiques, elles offrent un aperçu précieux des profondeurs de la conscience humaine et de notre quête pour comprendre le sens de la vie et de la mort. Les EMI invitent chacun à explorer sa propre spiritualité, à cultiver des relations significatives et à vivre de manière authentique, tout en faisant face à l'inévitable mystère de l'existence.

Rencontre avec des entités

Les rencontres avec des entités sont des expériences souvent rapportées par des personnes ayant eu des interactions avec des êtres qui ne semblent pas appartenir à notre réalité physique. Ces entités peuvent prendre différentes formes, allant des esprits de défunts aux entités extraterrestres, en passant par des êtres spirituels ou des créatures mythologiques. Voici un développement sur les différents types de rencontres avec des entités, leurs significations et leurs implications.

1. Types d'entités rencontrées

- **Esprits ou fantômes** : Beaucoup de personnes rapportent avoir rencontré des esprits de défunts, souvent dans des lieux chargés d'histoire ou lors de séances de spiritisme. Ces rencontres peuvent être perçues comme des tentatives de communication de la part des esprits, cherchant à transmettre des messages ou à résoudre des affaires inachevées.

   - **Entités spirituelles** : Certaines personnes évoquent des rencontres avec des entités spirituelles, telles que des anges, des démons ou des guides spirituels. Ces rencontres sont souvent décrites comme apaisantes et enrichissantes, offrant conseils ou protection.

   - **Extraterrestres** : Des témoignages d'enlèvements ou de rencontres extraterrestres sont courants, avec des individus affirmant avoir été contactés par des êtres venus d'autres planètes. Ces récits incluent souvent des descriptions d'engins spatiaux et de technologies avancées.

   - **Créatures mythologiques** : Dans certaines cultures, des rencontres avec des créatures mythologiques, comme des fées, des lutins ou des gnomes, sont rapportées. Ces expériences sont souvent liées à des lieux naturels, comme des forêts ou des montagnes, et peuvent être interprétées comme des manifestations de l'énergie de la nature.

2. Expériences de rencontre

Les expériences de rencontre avec des entités peuvent varier considérablement d'une personne à l'autre, mais plusieurs thèmes communs émergent :

- **Sensation de présence** : Beaucoup rapportent une sensation de présence palpable avant de percevoir l'entité. Cette sensation peut être accompagnée de frissons, de chaleur ou d'une ambiance particulière dans l'environnement.

- **Visions ou apparitions** : Certaines personnes décrivent des visions claires d'entités, souvent avec des détails précis sur leur apparence, leur comportement et leur communication. Ces visions peuvent être visuelles ou auditives, impliquant des voix ou des messages transmis mentalement.

- **Communication :** Les rencontres peuvent souvent inclure des formes de communication, que ce soit par la parole, des visions symboliques ou des sensations intuitives. Les entités peuvent transmettre des messages de réconfort, de guidance ou d'avertissement.

- **Émotions intenses** : Les témoignages incluent souvent des émotions puissantes, allant de la peur à l'amour inconditionnel. Les rencontres avec des entités peuvent être profondément transformantes, provoquant des réflexions sur la vie, la mort et la spiritualité.

3. Interprétations des rencontres

Les interprétations de ces rencontres varient selon les croyances culturelles et personnelles :

- ***Perspectives religieuses :*** Dans de nombreuses traditions religieuses, les rencontres avec des entités sont interprétées comme des manifestations divines, des anges gardiens ou des esprits protecteurs. Elles sont souvent considérées comme des signes de guidance spirituelle.

- ***Psychologie et symbolisme*** : Certains psychologues interprètent ces rencontres comme des projections de l'inconscient, où les entités représentent des aspects de la psyché individuelle ou des archétypes universels. Ces expériences peuvent servir de métaphores pour des luttes internes ou des besoins non satisfaits.

- ***Phénomènes paranormaux*** : Dans le domaine du paranormal, ces rencontres sont souvent classées comme des événements inexplicables, nécessitant une exploration plus approfondie des dimensions de la réalité et des différentes formes d'existence.

4. Impact des rencontres sur les personnes

Les rencontres avec des entités peuvent avoir des effets durables sur les individus :

- **Transformation personnelle :** Beaucoup de personnes rapportent une transformation personnelle significative après une rencontre, les incitant à explorer davantage leur spiritualité ou à apporter des changements positifs dans leur vie.

- **Réduction de la peur de la mort**: Les expériences de contact avec des entités, en particulier celles associées à des êtres chers décédés, peuvent réduire la peur de la mort et offrir un sentiment de connexion avec l'au-delà.

- **Engagement spirituel accru** : Les témoins peuvent devenir plus engagés dans des pratiques spirituelles, cherchant à approfondir leur compréhension des dimensions spirituelles de la vie.

5. Témoignages et récits

Les rencontres avec des entités sont des expériences fascinantes et souvent mystérieuses qui interrogent notre compréhension de la réalité, de la conscience et de la spiritualité. Qu'elles soient interprétées comme des manifestations spirituelles, des projections psychologiques ou des phénomènes paranormaux, ces rencontres invitent chacun à explorer les profondeurs de la vie, à réfléchir sur la nature de l'existence et à envisager la possibilité d'une réalité qui dépasse nos perceptions habituelles. Elles soulignent également l'importance de la quête de sens et de connexion dans la vie humaine, tout en offrant un aperçu des mystères qui entourent notre existence.

Voyages Astraux

Les voyages astraux, également connus sous le nom de projection astrale, sont des expériences où une personne prétend sortir de son corps physique pour explorer d'autres dimensions ou réalités. Ces expériences peuvent être vécues de manière consciente ou inconsciente et sont souvent accompagnées de sensations intenses et de perceptions différentes. Voici un développement approfondi sur les voyages astraux, leurs caractéristiques, leurs techniques, et les implications spirituelles et psychologiques.

Le voyage astral est souvent défini comme une expérience extracorporelle, où la conscience d'une personne se dissocie de son corps physique. Les caractéristiques typiques des voyages astraux incluent :

- **Sensation de flottement :** Les pratiquants rapportent souvent une sensation de légèreté ou de flottement, comme s'ils s'élevaient au-dessus de leur corps physique.

- **Perception élargie** : Pendant un voyage astral, certains individus décrivent une perception accrue de leur environnement, y compris des détails qui échappent à leur attention dans l'état de conscience normal.

- **Visions de paysages ou d'entités :** Les voyageurs astraux peuvent explorer des paysages inconnus, rencontrer d'autres êtres ou même interagir avec des entités spirituelles.

- **Temps et espace altérés** : La notion de temps et d'espace peut être très différente lors d'un voyage astral. Les voyageurs peuvent sentir que des heures passent en quelques instants ou se déplacer instantanément d'un endroit à un autre.

Il existe plusieurs techniques pour induire des voyages astraux, et chaque individu peut trouver une méthode qui lui convient le mieux. Parmi les méthodes courantes, on trouve :

- **Relaxation profonde** : La relaxation est essentielle pour permettre à l'esprit de se dissocier du corps. Cela peut être accompli par la méditation, la respiration profonde ou des exercices de visualisation.

- **Méthode de la corde :** Cette technique implique d'imaginer une corde suspendue au-dessus de soi et de visualiser l'action de grimper ou de tirer sur cette corde pour sortir de son corps.

- **Techniques de visualisation** : Visualiser des scènes ou des situations spécifiques peut aider à induire un état de projection astrale. Cela peut inclure des visualisations de vol ou d'exploration d'autres dimensions.

- **Techniques de sommeil lucide** : Certaines personnes utilisent des techniques de sommeil lucide pour entrer dans un état de conscience modifié, ce qui peut faciliter le voyage astral.

- **Rituels et incantations** : Dans certaines traditions spirituelles, des rituels ou des incantations sont utilisés pour invoquer des protections ou faciliter l'expérience de voyage astral.

Les récits de voyages astraux varient considérablement d'une personne à l'autre, mais plusieurs thèmes communs émergent :

- **Exploration de lieux connus** : De nombreux voyageurs astral décrivent des expériences d'exploration de lieux qu'ils connaissent, comme leur maison, mais avec un niveau de détail et de perception accru.

- **Visites dans d'autres dimensions** : Certaines personnes rapportent des visites dans des dimensions ou des réalités qui semblent totalement étrangères, souvent décrites comme des paysages de rêve ou des mondes spirituels.

   - **Interactions avec des entités** : Les voyageurs peuvent rencontrer des entités spirituelles, des guides ou d'autres voyageurs. Ces rencontres peuvent être perçues comme des échanges d'informations, de conseils ou de soutien.

   - **Retour au corps :** La plupart des expériences de voyage astral se terminent par un retour au corps physique, souvent décrit comme une sensation de "rentrée" ou de "réintégration".

Les voyages astraux sont souvent interprétés de différentes manières, selon les croyances spirituelles, culturelles et psychologiques :

   - **Perspective spirituelle :** Beaucoup considèrent les voyages astraux comme une exploration de la conscience spirituelle, permettant d'accéder à des dimensions supérieures ou à des vérités universelles.

- **Psychologie et inconscient :** Certains psychologues suggèrent que les voyages astraux peuvent être des manifestations de l'inconscient, représentant des archétypes, des souvenirs ou des désirs cachés.

- **Phénomènes paranormaux :** Du point de vue du paranormal, les voyages astraux peuvent être considérés comme des expériences authentiques qui révèlent des aspects cachés de la réalité ou de l'existence.

Bien que beaucoup trouvent les voyages astraux enrichissants, certaines personnes peuvent éprouver des expériences désagréables ou effrayantes :

- **Rencontres négatives :** Certaines personnes rapportent des rencontres avec des entités perçues comme malveillantes ou des expériences de peur intense pendant un voyage astral.

- **Difficulté à revenir** : Dans de rares cas, les individus peuvent éprouver des difficultés à revenir à leur corps, bien que ces expériences soient généralement temporaires.

- **Équilibre mental :** Il est recommandé aux personnes ayant des problèmes de santé mentale ou des troubles psychologiques de faire preuve de prudence lorsqu'elles explorent des pratiques de voyage astral.

Les voyages astraux représentent une exploration fascinante de la conscience humaine et de ses capacités. Qu'ils soient perçus comme des expériences spirituelles, psychologiques ou paranormales, ils ouvrent des portes vers des dimensions inexplorées et enrichissent notre compréhension de la réalité. Les récits de voyages astraux encouragent chacun à réfléchir à la nature de l'existence et à la relation entre le corps, l'esprit et l'âme. En pratiquant ces techniques avec sérieux et respect, les individus peuvent dé-

couvrir des aspects profonds de leur être et élargir leur perspective sur la vie et l'au-delà.

Phénomène de clairvoyance

Le phénomène de clairvoyance et de médiumnité fait référence à des capacités psychiques permettant à certaines personnes de percevoir des informations qui échappent aux sens ordinaires. Ces phénomènes sont souvent entourés de mystère et de scepticisme, mais ils ont également suscité un intérêt considérable dans les domaines de la spiritualité, de la psychologie et du paranormal. Voici un développement détaillé sur ces deux concepts, leurs caractéristiques, leurs pratiques, et leurs implications.

- **Clairvoyance :** Ce terme désigne la capacité de percevoir des informations sur des événements, des personnes ou des objets sans utiliser les sens physiques. Les clairvoyants affirment souvent recevoir des visions, des impressions ou des sensations qui leur permettent de connaître des choses qui ne sont pas accessibles par les moyens habituels.

- **Médiumnité :** La médiumnité implique la capacité de communiquer avec des esprits ou des entités spirituelles, souvent considérées comme des défunts. Les médiums agissent comme des intermédiaires entre le monde physique et le monde spirituel, transmettant des messages ou des informations des esprits aux vivants.

Les clairvoyants peuvent présenter diverses capacités, notamment :

- **Visions intuitives :** Les clairvoyants rapportent souvent des visions claires, qui peuvent être des images mentales, des symboles ou des scènes liées à des événements passés, présents ou futurs.

- **Sensation de "savoir":** Certains clairvoyants décrivent une connaissance innée ou une compréhension profonde qui semble surgir sans explication logique.

- **Perception extrasensorielle** : Les clairvoyants peuvent percevoir des énergies, des auras ou des vibrations autour des personnes ou des objets, leur permettant d'accéder à des informations supplémentaires sur leur état émotionnel ou spirituel.

Les médiums peuvent avoir différentes capacités, comme :

- **Transcommunication** : Les médiums peuvent recevoir des messages des esprits par le biais de voix, de visions ou de sensations. Ces messages peuvent être transmis verbalement ou par écrit.

- **Canalisation** : Certains médiums affirment être capables de canaliser des énergies ou des entités spirituelles, permettant à ces entités de s'exprimer à travers eux, souvent en prenant temporairement possession de leur corps ou de leur voix.

- Séances de spiritisme : Les médiums organisent souvent des séances où des participants se réunissent pour tenter de communiquer avec des esprits. Ces séances peuvent inclure des techniques comme la table tournante ou l'utilisation de cartes de tarot.

Les clairvoyants et les médiums utilisent diverses techniques pour affiner leurs capacités :

- Méditation : La méditation est souvent pratiquée pour développer la concentration, la sensibilité et l'ouverture à des perceptions extrasensorielles.

- Visualisation : Les techniques de visualisation aident à renforcer les capacités psychiques en permettant aux praticiens de créer des images mentales et d'explorer leur intuition.

- **Rituels et outils** : Certains médiums utilisent des outils comme des cartes de tarot, des cristaux ou des pendules pour faciliter la connexion avec le monde spirituel et renforcer leurs capacités.

- **Entraînement spirituel** : Des cours et des ateliers sont souvent proposés pour aider les individus à développer leurs compétences en matière de clairvoyance et de médiumnité.

Les phénomènes de clairvoyance et de médiumnité ont des implications variées :

- **Perspectives spirituelles** : Beaucoup considèrent ces capacités comme des dons spirituels qui permettent d'accéder à des vérités universelles ou d'aider les autres à travers des conseils et des messages spirituels.

- **Scepticisme et critique :** Les critiques soulignent que les expériences de clairvoyance et de médiumnité peuvent être influencées par des biais cognitifs, des suggestions ou des attentes des clients. Certaines expériences peuvent être interprétées comme des coïncidences ou des illusions.

- **Recherche scientifique :** Bien que la recherche sur ces phénomènes soit limitée, certains scientifiques s'intéressent à la parapsychologie, étudiant la clairvoyance et la médiumnité dans le cadre de la conscience et des perceptions extrasensorielles.

Les témoignages de clairvoyants et de médiums sont nombreux et souvent poignants. Des histoires de guérison, de réconfort ou de guidance spirituelle sont fréquemment rapportées. Certains médiums, comme Sylvia Browne ou John Edward, ont gagné en notoriété en partageant leurs expériences et en aidant des personnes à entrer en contact avec des êtres chers décédés.

Les phénomènes de clairvoyance et de médiumnité ont un impact significatif sur les individus et la société :

- **Consolation et guérison :** Beaucoup de personnes trouvent du réconfort dans les messages des médiums, surtout lors de la perte d'un être cher. Ces communications peuvent offrir une perspective sur la vie après la mort et aider au processus de deuil.

- **Exploration spirituelle :** La clairvoyance et la médiumnité encouragent les individus à explorer leur spiritualité, à développer leur intuition et à rechercher des réponses aux questions existentielles.

- **Débats éthiques :** L'essor de la médiumnité soulève des questions éthiques concernant la responsabilité des médiums et des clairvoyants dans leurs interactions avec les clients, notamment en ce qui concerne la précision des informations fournies et l'impact émotionnel sur les personnes en deuil.

Les phénomènes de clairvoyance et de médiumnité sont des aspects fascinants de l'expérience humaine qui interrogent notre compréhension de la réalité, de la conscience et de la spiritualité. Qu'ils soient perçus comme des dons spirituels, des manifestations psychologiques ou des phénomènes paranormaux, ces capacités ouvrent des portes vers des dimensions inexplorées de l'existence. Les récits et les témoignages de clairvoyants et de médiums continuent d'enrichir notre compréhension des mystères de la vie et de la mort, incitant chacun à réfléchir sur la nature de la réalité et sur le lien entre le monde physique et spirituel.

Lieux chargés d'énergie

Les lieux chargés d'énergie, souvent décrits comme des sites spirituels ou paranormaux, sont des endroits où des événements historiques, culturels ou spirituels ont eu lieu, et qui sont perçus comme ayant une influence ou une vibration particulière. Ces lieux sont souvent associés à des expériences mystiques, des manifestations paranormales ou un sentiment de connexion spirituelle. Voici un développement approfondi sur les caractéristiques, les exemples, et les implications des lieux chargés d'énergie.

Les lieux chargés d'énergie sont souvent caractérisés par :

- **Sensation de présence :** Les personnes visitant ces lieux rapportent fréquemment des sensations intenses, comme des frissons, une chaleur enveloppante, ou un sentiment de paix profonde. Cela peut être interprété comme une présence spirituelle ou une connexion avec l'histoire du lieu.

- **Événements historiques** : Ces lieux sont souvent marqués par des événements significatifs, tels que des batailles, des rituels, ou des cérémonies religieuses, qui peuvent avoir laissé une empreinte énergétique durable.

- **Élévation spirituelle :** Les visiteurs peuvent éprouver une sensation de transcendance ou de connexion à quelque chose de plus grand qu'eux-mêmes, que ce soit à travers la méditation, la prière ou simplement en étant présents dans ces espaces.

- **Manifestations paranormales** : Dans certains cas, des rapports d'apparitions, de bruits inexplicables ou d'autres phénomènes paranormaux sont associés à ces lieux, renforçant l'idée qu'ils sont chargés d'énergie.

Il existe de nombreux exemples de lieux chargés d'énergie à travers le monde, chacun avec sa propre histoire et son importance :

- **Stonehenge (Royaume-Uni)** : Ce monument mégalithique est souvent considéré comme un site spirituel majeur, associé à des rituels anciens et à une énergie cosmique. Les visiteurs rapportent des sensations puissantes et une connexion avec les forces de la nature.

- **Machu Picchu (Pérou)** : Cette ancienne cité inca est perchée dans les montagnes et est réputée pour son énergie spirituelle. De nombreux visiteurs témoignent d'une sensation d'harmonie et de sérénité lorsqu'ils explorent les ruines.

- **Mont Shasta (États-Unis)** : Considéré comme un lieu sacré par les Amérindiens, le Mont Shasta est souvent décrit comme une source d'énergie spirituelle intense. Les randonneurs et les méditants visitent ce lieu pour se reconnecter à la nature et à leur spiritualité.

- **Sedona (États-Unis)** : Cette ville est célèbre pour ses vortex énergétiques, des zones où l'énergie terrestre est supposée être concentrée. Les visiteurs croient que ces vortex favorisent la guérison, la méditation et la créativité.

- **La pyramide de Gizeh (Égypte)** : Les pyramides, en particulier celle de Gizeh, sont considérées comme des sites de pouvoir spirituel. Des chercheurs et des praticiens spirituels affirment que ces structures anciennes concentrent des énergies cosmiques et terrestres.

- **Les sites de guérison amérindiens** : Dans de nombreuses cultures autochtones, des lieux sont considérés comme sacrés pour la guérison et les rituels spirituels. Ces espaces sont souvent protégés et respectés en raison de leur signification spirituelle.

Les lieux chargés d'énergie soulèvent des questions sur la spiritualité, la conscience et la connexion à l'univers. Voici quelques implications et expériences associées :

- **Exploration spirituelle :** Les visiteurs se rendent souvent dans ces lieux pour rechercher une compréhension plus profonde de leur spiritualité, pour méditer, prier ou se reconnecter à eux-mêmes.

- **Guérison émotionnelle et physique** : Beaucoup de personnes rapportent des expériences de guérison ou de soulagement émotionnel après avoir passé du temps dans ces lieux, qu'il s'agisse de se sentir revitalisé, apaisé ou inspiré.

- **Réflexion personnelle** : Ces espaces peuvent servir de lieux de réflexion, où les individus explorent leurs pensées, leurs croyances et leurs intentions, souvent en quête de clarté ou de direction.

- **Communauté spirituelle** : Les lieux chargés d'énergie attirent souvent des groupes de personnes partageant des croyances similaires, favorisant des connexions communautaires et des échanges spirituels.

Bien que de nombreuses personnes rapportent des expériences positives dans ces lieux, il existe également des points de vue critiques :

- **Interprétations subjectives** : Certains sceptiques suggèrent que les expériences dans ces lieux peuvent être influencées par des attentes culturelles ou personnelles, et que les sensations ressenties peuvent être le résultat de facteurs psychologiques.

- **Effets environnementaux** : Des facteurs environnementaux, tels que la géologie ou les propriétés électromagnétiques des lieux, peuvent également jouer un rôle dans les sensations rapportées par les visiteurs.

- **Commercialisation :** Dans certaines régions, les lieux chargés d'énergie sont devenus des destinations touristiques, ce qui soulève des questions sur l'authenticité des expériences spirituelles et l'impact de la commercialisation sur leur signification.

Les lieux chargés d'énergie représentent des espaces uniques où l'histoire, la spiritualité et la nature se rencontrent. Qu'ils soient perçus comme des sites de pouvoir, de guérison ou de contemplation, ces lieux continuent d'attirer des visiteurs en quête de connexion et de compréhension. La recherche de ces espaces nous rappelle l'importance de notre relation avec notre environnement, notre histoire et notre dimension spirituelle. En explorant ces lieux, les individus peuvent découvrir des aspects profonds de leur être et élargir leur perspective sur la vie et l'univers.

Photos et enregistrements audio

Les photos et enregistrements audio de phénomènes paranormaux, en particulier les enregistrements de voix électroniques (EVP), sont des outils couramment utilisés dans l'étude du paranormal pour tenter de capturer des preuves de l'existence d'esprits ou d'entités. Voici un développement approfondi sur ces deux aspects, leurs caractéristiques, leur utilisation et les débats qui les entourent.

Les photographies de phénomènes paranormaux incluent une variété d'images qui prétendent capturer des apparitions d'esprits, des orbes, des ombres ou d'autres manifestations inexplicables. Voici quelques éléments clés :

- **Types de photographies :**

   - **Orbes** : De petites sphères lumineuses souvent visibles dans les photos, qui sont interprétées par certains comme des manifestations d'énergie spirituelle. Cependant, des explications alternatives, comme la poussière ou les insectes, sont souvent avancées.
   - **Apparitions :** Des figures humaines ou des silhouettes qui apparaissent sur les photos, souvent prises dans des lieux réputés hantés. Ces images peuvent susciter des débats sur leur authenticité.
   - **Sphères de lumière :** Des anomalies lumineuses qui ne peuvent pas être expliquées par des sources connues, souvent capturées lors de prises de vue dans des environnements sombres.

- **Techniques de prise de vue :**

   - Les enquêteurs paranormaux utilisent souvent des caméras numériques, des caméras infrarouges ou des appareils photo à film pour capturer des images dans des lieux réputés hantés.

- Les photos sont souvent prises dans des conditions de faible luminosité, où les anomalies sont plus susceptibles d'apparaître.

- *Analyse des photos :*

- Les enquêteurs examinent minutieusement les images pour détecter des anomalies, souvent à l'aide de logiciels de traitement d'images. Cela peut inclure l'augmentation du contraste ou la manipulation de la luminosité pour mieux visualiser les détails.

Les enregistrements de voix électroniques (EVP) sont des enregistrements audios capturant des voix ou des sons inexplicables qui ne sont pas perceptibles à l'oreille humaine au moment de l'enregistrement. Voici des éléments clés concernant les EVP :

- *Processus d'enregistrement :*

- Les enquêteurs utilisent des enregistreurs audios numériques ou des dictaphones pour enregistrer des sessions dans des lieux réputés hantés.
- Les EVP sont souvent enregistrés lors de séances où les enquêteurs posent des questions à des entités supposées, espérant capter des réponses.

- *Types d'EVP* :

  - *Classiques* : Des voix claires et distinctes qui semblent répondre à des questions posées.
  - *Chuchotements* : Des sons plus subtils qui nécessitent souvent une amplification pour être entendus.
  - *Bruits de fond* : Des bruits ou des sons ambiants qui ne peuvent pas être attribués à des sources naturelles.

- *Analyse des EVP* :

- Les enquêteurs analysent les enregistrements pour identifier des voix, souvent en utilisant des logiciels de traitement audio pour isoler les sons et améliorer leur clarté.

- Les EVP sont parfois comparés à des bruits de fond pour s'assurer qu'ils ne proviennent pas de sources naturelles.

Les photos et les EVP sont souvent au cœur de débats et de scepticisme :

- **Authenticité :** De nombreux sceptiques mettent en doute l'authenticité des photos et des EVP, suggérant qu'ils peuvent être le résultat de la paréidolie (la tendance à voir des formes familières dans des images aléatoires) ou de manipulations numériques.

- **Interprétations subjectives :** Les enquêteurs peuvent être influencés par leurs attentes ou leurs croyances, ce qui peut les conduire à interpréter des sons ou des images de manière biaisée.

- **Explications scientifiques :** Des explications rationnelles, comme des interférences électromagnétiques, des problèmes techniques ou des bruits ambiants, peuvent expliquer certaines EVP et anomalies photographiques.

Les photos et les EVP ont eu un impact considérable sur la culture populaire et les médias :

- **Émissions de télé-réalité** : Des émissions comme "Ghost Hunters" et "Ghost Adventures" ont popularisé l'utilisation d'EVP et de photographies de phénomènes paranormaux, suscitant l'intérêt du public pour l'enquête sur les esprits.

- **Ressources en ligne** : De nombreux sites Web et forums en ligne permettent aux passionnés de partager leurs expériences, leurs photos et leurs EVP, créant ainsi une communauté autour de l'exploration du paranormal.

- **Art et littérature** : Les photographies et les enregistrements EVP ont inspiré des œuvres d'art, des livres et des films qui explorent des thèmes de vie après la mort et de communication avec l'au-delà.

Les photos et les enregistrements audio EVP sont des outils fascinants pour l'exploration du paranormal, offrant un aperçu des expériences humaines face à l'inconnu. Bien que ces pratiques soient entourées de scepticisme et de débats sur leur authenticité, elles continuent d'attirer l'attention et d'éveiller la curiosité. Que ces enregistrements soient considérés comme des preuves de l'existence d'entités spirituelles ou comme des manifestations de l'inconscient humain, ils représentent un domaine riche d'exploration et de réflexion sur la nature de la réalité, de la vie et de la mort.

La réincarnation

La réincarnation est un concept philosophique et spirituel selon lequel l'âme ou la conscience d'un individu se réincarne dans un nouveau corps après la mort physique. Cette idée est présente dans de nombreuses cultures et traditions religieuses à travers le monde, allant des croyances anciennes aux philosophies modernes. Voici un développement approfondi sur les phénomènes de réincarnation, leurs caractéristiques, leurs implications et les expériences qui y sont associées.

La réincarnation est souvent définie par plusieurs concepts clés :

- **Cycle de vie** : Dans la réincarnation, l'âme traverse un cycle de naissances et de morts, connu sous le nom de samsara dans le contexte hindou et bouddhiste. Chaque incarnation est perçue comme une opportunité d'apprentissage et d'évolution spirituelle.

- **Karma** : Le karma, qui signifie "action" en sanskrit, est un principe fondamental dans les croyances réincarnationnelles. Les actions d'une personne dans une vie antérieure influencent les circonstances de sa prochaine incarnation, créant un lien entre les vies successives.

- **Évolution spirituelle** : La réincarnation est souvent vue comme un processus d'évolution de l'âme, où chaque vie permet à l'individu d'apprendre des leçons, de surmonter des défis et de progresser vers un état de conscience supérieur.

La réincarnation est présente dans de nombreuses traditions religieuses et philosophiques :

- **Hindouisme** : Dans l'hindouisme, la réincarnation est centrale. L'âme, ou atman, est éternelle et passe par de multiples vies. Le but ultime est d'atteindre moksha, la libération du cycle de samsara.

- **Bouddhisme** : Le bouddhisme partage des concepts similaires, mais met l'accent sur l'illusion du soi. Les bouddhistes croient que l'ego est transitoire et que la réincarnation est liée à l'attachement et à la souffrance.

- **Spiritualisme** : Dans le spiritualisme, la réincarnation est souvent associée à la progression de l'âme dans des dimensions spirituelles. Les praticiens croient que les âmes choisissent leurs prochaines vies en fonction des leçons qu'elles doivent apprendre.

- **Philosophies occidentales** : Des philosophes comme Pythagore et Platon ont également exploré des idées de réincarnation, suggérant que l'âme est immortelle et subit des cycles de vie.

Certaines personnes affirment avoir des souvenirs de vies antérieures, souvent décrits dans des contextes de régression hypnotique ou de méditation. Voici quelques aspects notables :

- **Souvenirs spontanés** : Des enfants, en particulier, peuvent rapporter des souvenirs de vies antérieures sans aucune suggestion. Ces souvenirs peuvent inclure des détails sur des personnes, des lieux ou des événements qu'ils n'ont jamais expérimentés dans leur vie actuelle.

- **Régression hypnotique :** Des praticiens utilisent des techniques de régression hypnotique pour aider les individus à explorer des souvenirs de vies passées. Ces sessions peuvent parfois révéler des informations qui semblent authentiques et significatives pour le patient.

- **Témoignages documentés** : Des chercheurs, comme le Dr Ian Stevenson, ont étudié des cas de réincarnation, collectant des témoignages d'enfants qui affirment se souvenir de vies antérieures. Ses travaux ont été publiés dans plusieurs livres et études.

Les phénomènes de réincarnation soulèvent des questions profondes sur la nature de l'âme, de la conscience et de la vie :

- **Identité et continuité :** La réincarnation interroge notre compréhension de l'identité personnelle. Si l'âme se réincarne, dans quelle mesure l'individu actuel est-il lié à ses vies passées ?

- **Éthique et responsabilité** : Le concept de karma et de réincarnation soulève des questions éthiques sur la responsabilité personnelle. Les actions d'une vie peuvent influencer non seulement cette existence, mais aussi les vies futures.

- **Guérison et croissance personnelle** : La réincarnation est souvent perçue comme une opportunité d'apprentissage et de guérison. Les individus peuvent explorer des traumatismes ou des leçons non apprises dans leurs vies passées pour favoriser leur croissance spirituelle.

Bien que la réincarnation soit largement acceptée dans certaines traditions, elle est également confrontée à des critiques :

- **Manque de preuves scientifiques :** Les sceptiques soulignent l'absence de preuves empiriques solides soutenant l'idée de réincarnation et considèrent les souvenirs de vies antérieures comme des constructions psychologiques ou des illusions.

- **Approches psychologiques** : Certains psychologues interprètent les souvenirs de réincarnation comme des manifestations de l'inconscient, des rêves ou des désirs non réalisés plutôt que comme des souvenirs authentiques.

- **Culture et biais :** Les expériences de réincarnation peuvent être influencées par des croyances culturelles et religieuses, ce qui soulève des questions sur l'objectivité des témoignages.

Les phénomènes de réincarnation révèlent des aspects fascinants de la condition humaine et de notre compréhension de la vie, de la mort et de la conscience. Qu'ils soient perçus comme des vérités spirituelles, des expériences psychologiques ou des mythes culturels, ces concepts invitent à une réflexion profonde sur notre existence et notre place dans l'univers. En explorant les idées de réincarnation, les individus peuvent trouver un sens à leur parcours de vie, se connecter à des dimensions plus vastes de leur être et envisager leur évolution spirituelle à travers le temps et l'espace.

La télépathie

Les expériences de télépathie se réfèrent à la capacité de communiquer des pensées, des émotions ou des informations d'une personne à une autre sans l'utilisation de moyens conventionnels de communication, tels que la parole ou les gestes. La télépathie est souvent considérée comme un phénomène paranormal ou extrasensoriel, suscitant un intérêt à la fois dans le domaine scientifique et spirituel. Voici un développement approfondi sur les expériences de télépathie, leurs caractéristiques, leurs méthodes d'exploration et les débats qui les entourent.

La télépathie est généralement définie par plusieurs éléments clés :

- ***Transmission de pensées :*** La télépathie implique l'échange direct de pensées ou d'idées entre deux individus. Cela peut inclure des émotions, des sensations ou des images mentales.

- ***Absence de communication verbale :*** Contrairement à la communication traditionnelle, la télépathie se produit sans utiliser de mots, de gestes ou d'autres formes de communication physique.

- ***Intuition partagée*** : Les expériences télépathiques peuvent également inclure une connaissance intuitive ou une compréhension mutuelle des sentiments et des intentions de l'autre personne.

Les expériences de télépathie peuvent varier considérablement et se manifester de différentes manières :

- ***Télépathie émotionnelle*** : Certaines personnes rapportent la capacité de ressentir les émotions d'autrui, comme la joie, la tristesse ou l'anxiété, souvent sans que l'autre personne ne les exprime verbalement.

- **Transmission de pensées spécifiques** : Des cas de télépathie impliquent la transmission de pensées précises, comme des mots, des images ou des idées, souvent dans des contextes où la communication verbale est impossible.

- **Synchronisation** : Des individus peuvent expérimenter une synchronisation de pensées ou d'idées, où deux personnes semblent avoir les mêmes pensées ou sentiments au même moment.

Des chercheurs et des praticiens ont exploré la télépathie à travers diverses méthodes :

- **Expériences en laboratoire** : Certaines études scientifiques ont tenté de mesurer la télépathie en utilisant des protocoles expérimentaux, comme le test de GESP (General Extrasensory Perception), où un participant tente de deviner une carte ou une image choisie par un autre.

- Méditation et techniques psychiques : Les praticiens de la télépathie utilisent souvent des techniques de méditation ou de concentration pour développer leur sensibilité aux pensées et aux émotions d'autrui.

- Tests en couple : Certaines expériences impliquent des couples ou des amis qui essaient de se connecter télépathiquement en se concentrant sur des pensées ou des images spécifiques pendant une période déterminée.

Les témoignages individuels de télépathie sont souvent poignants et variés :

- Connexions profondes : De nombreuses personnes décrivent des expériences de télépathie avec des proches, comme des partenaires ou des amis, où elles ont pu ressentir les émotions ou les pensées de l'autre sans communication verbale.

- **Événements significatifs :** Des récits de télépathie se produisent souvent lors d'événements émotionnels forts, comme des crises, des pertes ou des moments de grande joie, où les individus ressentent instinctivement la présence ou les pensées de l'autre.

- **Expériences de prémonition :** Certains témoignages relient la télépathie à des expériences de prémonition, où une personne anticipe les pensées ou les actions d'un autre avant qu'elles ne se produisent.

Les expériences de télépathie sont souvent entourées de scepticisme et de débats :

- **Manque de preuves scientifiques :** Bien que des expériences aient été menées, la télépathie manque de preuves empiriques solides, et de nombreux scientifiques considèrent ces expériences comme des coïncidences ou des illusions.

- **Explications psychologiques :** Certains chercheurs soutiennent que les expériences de télépathie peuvent être expliquées par des processus psychologiques, tels que l'intuition, l'empathie ou la lecture des signaux non verbaux.

- **Biais de confirmation :** Les sceptiques soulignent que les croyances en la télépathie peuvent conduire à un biais de confirmation, où les individus interprètent des événements aléatoires comme des manifestations de télépathie.

Malgré le scepticisme, la télépathie est souvent explorée dans divers contextes :

- **Développement personnel :** Certaines personnes cherchent à développer leurs capacités télépathiques pour améliorer leur empathie et leur compréhension des autres, favorisant des connexions plus profondes.

- **Thérapies alternatives :** La télépathie est parfois intégrée dans des pratiques de guérison spirituelle ou alternative, où les praticiens affirment utiliser cette capacité pour aider les clients à surmonter des obstacles émotionnels ou psychologiques.

- **Exploration spirituelle :** La télépathie est souvent étudiée dans le cadre de la spiritualité, avec des individus cherchant à comprendre la nature de la conscience et de l'interconnexion humaine.

Les expériences de télépathie représentent un domaine fascinant d'exploration de la conscience humaine et de la communication. Bien qu'entourées de scepticisme, ces expériences soulèvent des questions profondes sur l'interconnexion, l'intuition et la nature de l'esprit. Qu'elles soient considérées comme des manifestations de capacités psychiques ou comme des expressions d'empathie et d'intuition, les expériences télépathiques invitent chacun à réfléchir sur les dimensions plus profondes de la communication humaine et de la compréhension mutuelle. En explorant ces phénomènes, les individus peuvent découvrir des aspects inexplorés de leur conscience et enrichir leurs relations interpersonnelles.

La bilocation

La bilocation est un phénomène paranormal qui se caractérise par la capacité d'une personne à être présente simultanément en deux endroits différents. Ce concept a été rapporté dans diverses traditions spirituelles, religieuses et mystiques, et est souvent associé à des figures ayant des capacités extraordinaires. Voici un développement approfondi sur la bilocation, ses caractéristiques, ses manifestations, et les débats qui l'entourent.

La bilocation se définit généralement par plusieurs éléments clés :

- **Présence simultanée** : La bilocation implique qu'une personne soit perçue dans deux lieux distincts en même temps. Cela peut inclure des apparitions physiques ou des expériences de présence spirituelle.

- **Conscience :** Dans de nombreux cas, la personne bilocante est consciente de sa capacité à se manifester à plusieurs endroits, ce qui distingue la bilocation d'autres phénomènes comme les voyages astraux.

- **État modifié de conscience :** Les expériences de bilocation sont souvent associées à des états modifiés de conscience, tels que la méditation profonde ou des états mystiques, où l'individu peut transcender les limites physiques.

Les récits de bilocation varient considérablement et se manifestent de différentes manières :

- **Apparitions physiques** : Dans certains cas, des individus affirment avoir été vus par d'autres personnes dans un endroit, tout en étant physiquement présents à un autre endroit. Ces apparitions peuvent être rapportées par des témoins oculaires.

- **Expériences spirituelles :** La bilocation peut également se manifester sous forme d'expériences spirituelles où l'individu ressent une connexion profonde avec un lieu ou avec d'autres personnes, sans que sa présence physique ne soit nécessaire.

- **Cas historiques** : Certaines figures religieuses et spirituelles, comme Saint Joseph de Cupertino et Padre Pio, sont souvent citées dans des récits de bilocation. Ces saints auraient été vus dans plusieurs endroits en même temps, ce qui a renforcé leur statut mystique.

La bilocation est présente dans diverses traditions culturelles et religieuses :

- **Christianisme :** Dans le christianisme, la bilocation est souvent associée aux saints et aux mystiques, qui sont considérés comme ayant des capacités divines. Les récits de saints apparaissant à des fidèles à des distances éloignées sont courants.

- **Bouddhisme :** Dans le bouddhisme, des figures comme le Bouddha et d'autres maîtres spirituels sont parfois décrits comme ayant la capacité de se manifester à plusieurs endroits pour enseigner ou guider les disciples.

- **Spiritualité moderne :** Dans les mouvements spirituels contemporains, la bilocation est parfois explorée dans le cadre de pratiques de méditation, où les individus cherchent à transcender les limites physiques et à expérimenter une conscience élargie.

Les témoignages de bilocation sont souvent fascinants et mystérieux :

- **Récits personnels :** Des individus rapportent des expériences de bilocation où ils se sont sentis présents dans un autre lieu, souvent en réponse à des événements émotionnels ou spirituels significatifs.

- Témoignages de témoins : Dans certains cas, des témoins affirment avoir vu une personne à un endroit alors qu'elle était physiquement ailleurs, renforçant l'idée que la bilocation est un phénomène partagé.

- Documentation historique : Des récits historiques de bilocation ont été documentés dans des textes religieux et spirituels, ce qui ajoute une dimension culturelle à ces expériences.

La bilocation est un phénomène qui suscite des débats et du scepticisme :

- Manque de preuves scientifiques : Bien que des témoignages existent, la bilocation manque de preuves empiriques solides et est souvent considérée comme un phénomène difficile à étudier scientifiquement.

- ***Explications psychologiques*** : Certains chercheurs suggèrent que les expériences de bilocation peuvent être liées à des états modifiés de conscience, des rêves lucides ou des hallucinations, plutôt qu'à une véritable présence physique simultanée.

- ***Biais de perception*** : Les sceptiques soulignent que les apparitions peuvent être influencées par des biais cognitifs, des attentes culturelles ou des interprétations erronées des événements.

Les phénomènes de bilocation soulèvent des questions profondes sur la nature de la conscience et de l'existence :

- ***Conscience et dimensionnalité*** : La bilocation invite à réfléchir sur la nature de la conscience humaine et sur la possibilité d'exister au-delà des limitations physiques.

- **Interconnexion :** Le phénomène suggère une interconnexion entre les individus et les lieux, remettant en question les notions traditionnelles de distance et de séparation.

- **Exploration spirituelle :** La bilocation est souvent considérée comme un moyen d'explorer des dimensions spirituelles plus profondes et de transcender les limites de l'expérience humaine.

La bilocation est un phénomène fascinant qui questionne notre compréhension de la conscience, de l'identité et de l'existence. Qu'elle soit perçue comme une capacité spirituelle, une expérience mystique ou un sujet de scepticisme, la bilocation continue d'inspirer l'exploration et la réflexion. En étudiant ce phénomène, les individus peuvent être amenés à envisager des dimensions inexplorées de la réalité et à réfléchir sur leur propre place dans l'univers. Les récits et les témoignages de bilocation nous rappellent que la nature de l'expérience humaine est riche et complexe, invi-

tant chacun à explorer les mystères qui l'entourent.

La synchronicité

La synchronicité est un concept introduit par le psychologue suisse Carl Gustav Jung pour désigner des coïncidences significatives qui semblent se produire sans relation causale, mais qui ont une signification pour l'individu qui les expérimente. Ce phénomène est souvent perçu comme une manifestation de l'interconnexion entre l'esprit humain et l'univers. Voici un développement approfondi sur la synchronicité, ses caractéristiques, ses implications et des exemples pertinents.

La synchronicité se définit par plusieurs éléments clés :

- **Coïncidences significatives** : La synchronicité se manifeste par des événements qui se produisent simultanément ou successivement et qui portent une signification personnelle pour l'individu, bien qu'ils n'aient pas de lien causal évident.

- **Ressenti subjectif** : La synchronicité est souvent perçue comme une expérience subjective, où la signification des événements est interprétée par la personne qui les vit, créant un sentiment d'émerveillement ou d'étonnement.

- **Contexte psychologique** : Les événements synchroniques semblent souvent se produire à des moments où l'individu est en quête de réponses, de direction ou de compréhension dans sa vie.

Les manifestations de synchronicité peuvent varier considérablement et se produire dans différentes situations :

- **Rencontres fortuites :** Croiser quelqu'un que vous pensiez à ce moment-là ou qui a un lien significatif avec une réflexion ou une question que vous vous posiez.

- **Symboles ou motifs répétitifs :** Observer des nombres, des animaux ou des mots récurrents dans votre vie quotidienne qui semblent résonner avec des pensées ou des sentiments spécifiques.

- **Événements coïncidents** : Recevoir une information ou une opportunité juste au moment où vous en aviez besoin, sans que cela ne soit planifié.

La synchronicité soulève des questions profondes sur la nature de la réalité, de la conscience et de l'interconnexion :

- **Interconnexion universelle :** La synchronicité suggère que l'esprit humain est en relation avec des forces plus vastes de l'univers, permettant un degré de connexion qui transcende le temps et l'espace.

- **Symbolisme et sens** : Les événements synchroniques peuvent être interprétés comme des signes ou des messages, incitant les individus à prêter attention à leur intuition et à leur cheminement spirituel.

- **Processus de transformation** : Les expériences de synchronicité peuvent signaler des moments de transformation personnelle, où l'individu est encouragé à prendre des décisions ou à changer de direction.

La synchronicité est souvent explorée dans des contextes psychologiques et spirituels :

- **Psychologie analytique** : Dans le cadre de la psychologie jungienne, la synchronicité est liée à des concepts tels que l'inconscient collectif, où des éléments symboliques partagés peuvent influencer les expériences individuelles.

- **Spiritualité** : De nombreuses traditions spirituelles considèrent la synchronicité comme une manifestation de la guidance divine ou de l'ordre cosmique, encourageant les individus à être attentifs aux signes qui les entourent.

- **Mindfulness et présence** : La pratique de la pleine conscience peut aider les individus à devenir plus conscients des coïncidences significatives dans leur vie, favorisant une connexion plus profonde avec leur environnement et leur intuition.

Bien que la synchronicité soit un concept enrichissant, elle est également sujette à des critiques :

- **Interprétation subjective** : Les sceptiques soulignent que la signification attribuée aux coïncidences peut être subjective et influencée par des biais cognitifs, où les individus voient des motifs même là où il n'y en a pas.

- **Événements aléatoires** : Certains chercheurs considèrent les événements synchroniques comme de simples coïncidences aléatoires, sans signification intrinsèque.

- **Limites de la science** : La synchronicité défie les lois de la causalité, ce qui la rend difficile à étudier scientifiquement et à quantifier.

- **Carl Jung :** Jung lui-même a rapporté des expériences de synchronicité dans sa vie, notamment un événement où une patiente, qui parlait de rêves de scarabées, a vu un scarabée réel entrer dans son bureau au même moment.

- **Écrivains et artistes :** De nombreux écrivains et artistes ont également partagé des expériences de synchronicité, où des idées ou des inspirations semblent surgir de manière synchronique, influençant leur travail créatif.

La synchronicité est un phénomène fascinant qui interroge notre compréhension de la réalité, de la conscience et de l'interconnexion entre les individus et l'univers. Qu'elle soit perçue comme une manifestation de forces spirituelles, une exploration de l'inconscient collectif, ou simplement comme des coïncidences significatives, la synchronicité invite chacun à prêter attention aux événements de sa vie quotidienne et à rechercher une signification plus profonde. En explorant les expériences de synchronicité, les individus peuvent découvrir des dimensions inexplorées de leur existence et enrichir leur compréhension de leur parcours personnel et spirituel.

Chapitre 5 : Les Objets Maléfiques

Depuis l'aube de l'humanité, les objets ont toujours joué un rôle fondamental dans les croyances et les rituels des cultures du monde entier. Parmi ces objets, certains sont perçus comme maléfiques, chargés d'une énergie sombre ou d'une influence néfaste. Mais qu'est-ce qui rend un objet maléfique ? Est-ce sa provenance, son histoire ou la manière dont il est utilisé ? Dans cette exploration, nous plongerons dans l'univers complexe des objets maléfiques, en cherchant à comprendre les raisons qui les entourent et l'impact qu'ils peuvent avoir sur ceux qui les côtoient.

Les objets maléfiques, souvent associés à des légendes, des croyances et des superstitions, portent en eux les traces d'histoires tragiques ou d'événements marquants. Ils peuvent être des artefacts liés à des rituels occultes, des possessions ayant appartenu à des individus malheureux ou des créations conçues dans le but de nuire. Leur histoire, souvent teintée de mystère, contribue à leur aura maléfique. Chaque cicatrice, chaque fissure peut raconter une histoire de souffrance, de douleur ou de vengeance, renforçant leur réputation d'objets maudits.

Au-delà de leur histoire, les objets maléfiques sont souvent perçus comme des réceptacles d'énergie. Dans de nombreuses traditions spirituelles, il est reconnu que les émotions et les intentions des personnes peuvent imprégner les objets d'une charge énergétique. Ainsi, un objet ayant été utilisé dans un acte malveillant ou ayant été entouré de sentiments négatifs peut devenir un vecteur d'influence néfaste. Ce symbolisme attribue aux objets un pouvoir qui dépasse leur existence matérielle, leur conférant une dimension spirituelle qui peut affecter ceux qui entrent en contact avec eux.

La peur est un puissant moteur de croyance. Les objets maléfiques suscitent souvent l'appréhension et l'angoisse, non seulement en raison de leur nature supposée, mais aussi à cause de l'inconnu qu'ils représentent. Ce qui est maléfique est souvent associé à des forces obscures, à des énergies que nous ne comprenons pas ou que nous ne pouvons pas contrôler. Cette peur peut mener à des comportements irrationnels, à des rituels d'éloignement ou à la création de tabous autour de ces objets, renforçant leur mystère et leur réputation.

Dans ce chapitre, nous examinerons divers objets considérés comme maléfiques, nous plongeant dans leurs histoires, leurs symboles et les croyances qui les entourent. Nous explorerons également les manières dont les sociétés ont tenté de se protéger contre leur influence, ainsi que les récits de ceux qui ont été touchés par leur pouvoir. À travers cette exploration, nous visons à éclairer les mystères qui entourent les objets maléfiques et à offrir une réflexion sur notre relation avec le monde matériel et spirituel. Dans cette quête de compréhension, nous découvrirons que les objets, qu'ils soient bénis ou maudits, sont *le reflet de notre humanité, de nos peurs et de nos aspirations*

Les Miroirs

Les miroirs ont toujours fasciné et effrayé l'humanité. Dans de nombreuses cultures, ils sont considérés comme des portails vers d'autres dimensions, des reflets de l'âme, voire des instruments de magie. Les miroirs maléfiques, en particulier, sont entourés de légendes et de superstitions qui suscitent la curiosité et la peur. Voici un aperçu des croyances et des récits associés aux miroirs maléfiques.

1. Symbolisme du Miroir

- **Reflet de l'Âme** : Dans de nombreuses traditions, le miroir est perçu comme un reflet de l'âme. On pense que regarder un miroir peut révéler des vérités cachées ou des aspects de soi-même que l'on préfère ignorer.

Certains croient que les miroirs peuvent servir de passerelles vers d'autres réalités ou dimensions. Cette idée est souvent explorée dans la littérature et le cinéma, où les miroirs deviennent des portes vers des mondes parallèles.

2. Légendes et Mythes

- **Les Miroirs Hantés** : De nombreuses histoires font état de miroirs qui seraient hantés par des esprits ou des entités malveillantes. Ces miroirs peuvent provoquer des visions perturbantes, des apparitions ou même des événements tragiques pour ceux qui osent les regarder.

- **La Démone du Miroir** : Dans certaines cultures, on raconte des histoires de démons ou d'êtres maléfiques qui habitent les miroirs. Ces entités peuvent tenter d'attirer les gens dans le miroir, les piégeant dans une autre dimension.

3. Superstitions Associées aux Miroirs

- **Casser un Miroir :** Dans de nombreuses traditions, il est dit que casser un miroir porte malheur et annonce sept années de malheur. Cette superstition est liée à l'idée que le miroir est un reflet de l'âme, et briser ce reflet perturberait l'équilibre spirituel.

- **Couvrir les Miroirs** : Après un décès, certaines cultures croient qu'il est essentiel de couvrir les miroirs pour éviter que l'esprit du défunt ne soit piégé à l'intérieur. Cela est également fait pour empêcher les esprits de revenir à travers le miroir.

4. Miroirs dans la Culture Populaire

- **Littérature et Cinéma :** Les miroirs maléfiques ont été largement exploités dans des œuvres de fiction. Des films d'horreur comme "Candyman" ou "Mirrors" explorent les thèmes des miroirs comme portails vers des forces obscures.

- **Contes et Fables :** Dans des contes comme "Blanche-Neige", le miroir magique joue un rôle central dans l'intrigue, servant de symbole de vanité et de jalousie, mais aussi de reflet de vérités plus sombres.

5. Rituels et Pratiques

- **Rituels de Protection :** Certaines personnes effectuent des rituels pour purifier les miroirs, en utilisant des herbes, des prières ou d'autres méthodes spirituelles pour éloigner les énergies négatives.

- **Divination** : Dans certaines traditions, les miroirs sont utilisés pour la divination. Les praticiens peuvent regarder dans un miroir pour obtenir des visions ou des révélations concernant l'avenir.

Les miroirs maléfiques sont enveloppés de mystère, de superstition et d'intrigue. Ils sont à la fois des objets de beauté et des symboles de danger, reflétant les peurs et les croyances humaines. Que ce soit à travers des légendes anciennes, des superstitions modernes ou des représentations dans la culture populaire, les miroirs continuent de captiver notre imagination et de nous inciter à réfléchir sur la nature de la réalité, de l'identité et du surnaturel. En fin de compte, ils nous rappellent que ce que nous voyons peut ne pas être tout ce qu'il y a à voir, et que parfois, les reflets peuvent dévoiler des vérités plus sombres cachées derrière la surface.

6. Les Miroirs dans les Rituels de Sorcellerie

- **Utilisation dans la Magie :** Dans certaines traditions de sorcellerie, les miroirs sont utilisés comme outils de divination ou de magie. On croit qu'ils peuvent être utilisés pour invoquer des esprits ou pour effectuer des rituels de protection. Les sorciers et sorcières peuvent regarder dans un miroir pour voir des visions de l'avenir ou pour communiquer avec des entités spirituelles.

- **Miroirs Noirs :** Les miroirs noirs, souvent fabriqués à partir de verre teinté ou de métal poli, sont utilisés dans la divination, notamment dans la pratique de la scrying (ou clairvoyance). Les praticiens croient que ces miroirs peuvent aider à voir des événements passés, présents ou futurs, en permettant une connexion avec des dimensions spirituelles.

7. Miroirs et Identité

- **Reflet de l'Identité :** Les miroirs sont souvent perçus comme des métaphores de l'identité et de la perception de soi. Dans de nombreuses cultures, regarder son propre reflet peut être une expérience révélatrice, mais parfois perturbante. Les miroirs peuvent confronter les individus à des aspects de leur personnalité qu'ils préfèrent ignorer.

- **Théories Psychologiques :** Certaines théories psychologiques suggèrent que les miroirs peuvent provoquer une certaine forme de dissociation, où les individus peuvent se sentir déconnectés de leur propre reflet, ce qui peut être lié à des problèmes d'image corporelle ou d'estime de soi.

8. Miroirs dans les Contes et Histoires

- **Le Miroir Magique de la Reine :** Dans le conte de "Blanche-Neige", le miroir magique de la reine est un symbole de vanité et de jalousie. Il reflète non seulement l'apparence extérieure, mais aussi les vérités intérieures sur le caractère de la reine, soulignant le thème de la beauté et de la méchanceté.

- **Le Miroir de la Vérité** : Dans d'autres histoires, des miroirs magiques révèlent la vérité, exposant les mensonges et les tromperies. Ces récits soulignent l'idée que les miroirs peuvent servir de juges, révélant le véritable caractère des gens.

9. Miroirs dans l'Art et la Culture

- **Symbolisme Artistique** : Dans l'art, les miroirs sont souvent utilisés pour symboliser la dualité, les illusions et les vérités cachées. Des artistes comme Salvador Dalí ont exploré les thèmes du reflet et de l'illusion dans leurs œuvres, invitant les spectateurs à réfléchir sur la nature de la réalité.

- **Inspiration pour les Écrivains** : Les miroirs ont inspiré de nombreux écrivains à travers les âges, apparaissant dans des récits qui explorent la psychologie humaine, le mystère et le fantastique. Ils sont souvent utilisés comme des dispositifs narratifs pour introduire des thèmes de dualité et de conflit intérieur.

10. Croyances Contemporaines

- **Miroirs et Énergies Négatives :** De nos jours, certaines personnes croient encore que les miroirs peuvent absorber des énergies négatives. Par conséquent, ils pratiquent des rituels de purification, comme le placement de sel ou l'allumage d'encens à proximité des miroirs pour éloigner les influences néfastes.

- **Miroirs et Feng Shui :** Dans la pratique du Feng Shui, les miroirs sont utilisés pour équilibrer les énergies dans un espace. Ils peuvent être placés stratégiquement pour refléter la lumière et attirer des énergies positives, mais leur utilisation est également encadrée par des croyances sur les effets négatifs potentiels d'un miroir mal placé.

Les miroirs maléfiques occupent une place unique dans l'imaginaire collectif, entre mystère, superstition et symbolisme psychologique. Ils sont à la fois des objets du quotidien et des réceptacles de croyances anciennes, capables de provoquer des émotions profondes et des réflexions sur notre identité. Que ce soit à travers des récits folkloriques, des pratiques spirituelles ou des œuvres d'art, les miroirs continuent de fasciner et d'effrayer, nous rappelant que ce que nous voyons peut-être bien plus complexe que ce qu'il semble. En fin de compte, les miroirs nous invitent à explorer les profondeurs de notre âme et à questionner la nature même de la réalité et de notre perception.

11. Miroirs et Folklore

- **Les Miroirs dans les Croyances Populaires :** Dans de nombreuses cultures, les miroirs sont entourés de croyances et de superstitions qui varient d'un endroit à l'autre. Par exemple, dans certaines traditions africaines, les miroirs sont considérés comme des dispositifs pouvant attirer des esprits malveillants, tandis que dans d'autres, ils sont utilisés pour repousser le mal.

- **Miroirs et Rituels de Passage** : Dans certaines cultures, les miroirs sont utilisés lors de rituels de passage, comme les mariages ou les funérailles. Par exemple, lors d'un mariage, il est courant de couvrir les miroirs pour éviter que les esprits ne se mêlent aux célébrations.

12. Miroirs et Sombres Pratiques

- **Pratiques de Nécromancie** : Dans certaines pratiques de nécromancie, les miroirs peuvent être utilisés pour communiquer avec les morts. Les praticiens croient que les miroirs peuvent servir de fenêtre vers l'au-delà, permettant d'invoquer des esprits et de poser des questions sur l'avenir.

- **Rituels de Malédiction** : Certains croient que les miroirs peuvent être utilisés pour lancer des malédictions ou des sorts. En se concentrant sur le reflet d'une personne dans un miroir, un sorcier pourrait tenter d'influencer ou de nuire à cette personne.

13. Miroirs dans le Surréalisme

- **Exploration Surréaliste** : Les miroirs ont été un sujet d'exploration dans le mouvement surréaliste, qui cherchait à libérer l'imagination et à explorer l'inconscient. Des artistes comme René Magritte ont utilisé des miroirs pour créer des œuvres déroutantes qui interrogent la perception et la réalité.

- **Réflexion de l'Inconscient** : Dans les œuvres surréalistes, le miroir devient un symbole de l'inconscient, révélant des vérités cachées et des désirs refoulés. Ces œuvres invitent le spectateur à réfléchir sur les multiples couches de signification qui se cachent derrière la surface de la réalité.

14. Miroirs et Psychologie

- **Thérapie par le Miroir :** Dans certaines approches thérapeutiques, les miroirs sont utilisés pour aider les individus à explorer leur image corporelle et à renforcer l'estime de soi. Les exercices de réflexion dans le miroir peuvent encourager l'acceptation de soi et la prise de conscience de ses pensées et émotions.

- **Réflexion de la Conscience :** Les miroirs peuvent également symboliser la conscience de soi. Se regarder dans un miroir peut amener une personne à réfléchir sur ses actions, ses choix et ses émotions, favorisant ainsi une compréhension plus profonde de soi-même.

15. Miroirs et Architecture

- **Utilisation des Miroirs dans l'Architecture** : Dans l'architecture, les miroirs sont souvent utilisés pour créer des illusions d'optique, agrandir des espaces ou attirer la lumière. Cependant, leur utilisation est également accompagnée de considérations spirituelles et symboliques.

- **Miroirs dans le Feng Shui** : Dans le Feng Shui, les miroirs sont placés de manière à refléter des énergies positives et à équilibrer l'environnement. Toutefois, leur placement doit être effectué avec soin, car un miroir mal placé peut aussi renvoyer des énergies négatives.

16. Miroirs dans les Célébrations et Rituels

- **Célébrations de Nouvel An** : Dans certaines cultures, il est courant de faire un vœu en regardant dans un miroir pendant la nuit du Nouvel An. Cela est censé apporter chance et prospérité pour l'année à venir.

- **Rituels de Nettoyage :** Certaines traditions incluent des rituels de nettoyage des miroirs pour éliminer les énergies négatives accumulées au fil du temps, souvent en utilisant de l'eau bénite ou des herbes purificatrices.

Les miroirs, avec leur capacité à refléter à la fois l'image physique et des vérités plus profondes, occupent une place unique dans de nombreuses cultures et traditions. Ils sont des objets d'adoration et de crainte, des outils de réflexion et des symboles de mystère. Leur pouvoir, qu'il soit réel ou imaginaire, continue d'inspirer des histoires, des croyances et des pratiques variées à travers le monde. En explorant les mythes et les légendes entourant les miroirs, nous plongeons non seulement dans l'imaginaire collectif, mais nous découvrons également des réflexions sur la nature de notre propre identité et de notre relation avec le monde qui nous entoure. Les miroirs nous rappellent que, parfois, ce que nous voyons au reflet peut nous offrir des aperçus sur des vé-

rités plus profondes et plus sombres cachées sous la surface.

Les Miroirs noirs

Les Miroirs Noirs : Symbolisme, Utilisations et Croyances

Les miroirs noirs, souvent considérés comme des objets mystérieux et mystiques, ont une longue histoire d'utilisation dans diverses pratiques spirituelles, magiques et culturelles. Leur couleur sombre et leur surface réfléchissante leur confèrent des propriétés symboliques uniques. Voici un aperçu des miroirs noirs, de leurs significations et des croyances qui les entourent.

1. Origine et Fabrication

- **Matériaux** : Les miroirs noirs sont généralement fabriqués à partir de verre teinté, de métal poli ou de pierres sombres, comme l'obsidienne. L'obsidienne, en particulier, est une roche volcanique qui a été utilisée depuis des millénaires pour créer des outils et des objets décoratifs.

- **Fabrication Artisanale** : Dans de nombreuses traditions, la fabrication de miroirs noirs est un art qui nécessite des compétences spécifiques. Les artisans peuvent infuser ces miroirs de symbolisme lors de leur création, les rendant encore plus puissants sur le plan spirituel.

2. Symbolisme et Significations

- **Reflet de l'Inconscient** : Les miroirs noirs sont souvent perçus comme des reflets de l'inconscient. En raison de leur couleur sombre, ils peuvent symboliser les profondeurs de l'âme et les aspects cachés de la personnalité, y compris les peurs, les désirs refoulés et les vérités non révélées.

- **Portail vers d'Autres Dimensions** : Dans certaines croyances, les miroirs noirs sont considérés comme des portails vers d'autres dimensions ou des réalités alternatives. Ils sont souvent associés à des pratiques de divination et de communication avec des esprits ou des entités spirituelles.

3. Utilisations Traditionnelles

- **Scrying (Divination)** : L'une des utilisations les plus courantes des miroirs noirs est le scrying, une forme de divination où l'on regarde dans le miroir pour obtenir des visions, des réponses ou des révélations sur l'avenir. Les praticiens croient que le miroir noir peut favoriser une connexion plus profonde avec l'inconscient.

- **Rituels de Protection** : Certains utilisent les miroirs noirs pour se protéger contre les énergies négatives ou les esprits malveillants. Ils peuvent être placés dans des espaces pour créer une barrière spirituelle ou pour renvoyer les énergies indésirables à leur source.

4. Miroirs Noirs dans la Culture Populaire

- **Fiction et Mythologie** : Les miroirs noirs apparaissent fréquemment dans la littérature et les films comme objets mystiques. Ils sont souvent utilisés pour des scènes d'invocation ou de révélation, où les personnages découvrent des vérités cachées ou des dangers imminents.

- **Symboles dans l'Art** : Dans l'art contemporain, les miroirs noirs peuvent être utilisés pour symboliser la dualité, le mystère et l'exploration de l'identité. Ils invitent les spectateurs à réfléchir sur leur propre perception et leur relation avec le monde.

5. Croyances et Superstitions

- **Esprits et Entités** : Dans certaines cultures, il existe la croyance que les miroirs noirs peuvent attirer des esprits ou des entités. Les gens peuvent être réticents à les utiliser de peur d'invoquer des forces indésirables.

- Rituels de Nettoyage : Comme pour d'autres miroirs, il peut être pratiqué des rituels de nettoyage pour purifier les miroirs noirs des énergies accumulées. Cela peut inclure des prières, de l'encens ou des herbes purificatrices.

6. Pratiques Modernes

- Méditation et Auto-Réflexion : De nos jours, certaines personnes utilisent les miroirs noirs pour la méditation ou l'auto-réflexion. En regardant dans le miroir, elles peuvent explorer des pensées et des émotions profondes, favorisant ainsi la croissance personnelle.

- Art et Design : Les miroirs noirs sont également utilisés dans la décoration intérieure pour créer des effets visuels intéressants. Leur apparence unique peut ajouter une touche mystique à n'importe quel espace.

Les miroirs noirs sont des objets chargés de symbolisme et de mystère, utilisés à la fois dans des pratiques spirituelles anciennes et dans la culture moderne. Qu'ils servent d'outils de divination, de protection ou d'auto-réflexion, leur pouvoir réside dans leur capacité à refléter non seulement l'image physique, mais aussi les profondeurs de l'âme. En explorant les significations et les croyances entourant les miroirs noirs, nous sommes invités à réfléchir à notre propre identité et à notre relation avec le monde qui nous entoure. Ces miroirs nous rappellent que derrière chaque reflet, il existe une multitude de vérités cachées, attendant d'être découvertes.

Origine des Miroirs Noirs

L'origine des miroirs noirs remonte à des siècles, avec des racines dans diverses cultures à travers le monde. Ils ont été utilisés à la fois pour des raisons pratiques et spirituelles. Voici un aperçu de leur histoire :

1. **Antiquité :**

- Les miroirs noirs étaient utilisés par les anciens Égyptiens, qui fabriquaient des miroirs à partir d'obsidienne, une roche volcanique noire, pour leurs propriétés réfléchissantes. Ces miroirs étaient souvent associés à des rituels de beauté et de divination.
- Dans la culture précolombienne, les miroirs en obsidienne étaient également utilisés par des civilisations comme les Aztèques et les Mayas, souvent pour des pratiques religieuses et spirituelles.

2. Europe du Moyen Âge :
- Pendant le Moyen Âge, les miroirs noirs ont été utilisés dans des pratiques de sorcellerie et de magie. Ils étaient souvent fabriqués à partir de verre teinté ou de métal poli, et étaient employés pour la divination et la communication avec les esprits.

3. Renaissance :
- Au cours de la Renaissance, l'intérêt pour les sciences occultes et l'ésotérisme a conduit à

une utilisation accrue des miroirs noirs dans les rituels de magie et de divination. Ils étaient souvent associés aux alchimistes et aux praticiens de l'astrologie.

Matériaux Utilisés pour Fabriquer des Miroirs Noirs

Les miroirs noirs peuvent être fabriqués à partir de plusieurs matériaux, chacun ayant ses propres caractéristiques et significations :

1. Obsidienne :
- L'obsidienne est l'un des matériaux les plus traditionnels pour fabriquer des miroirs noirs. Cette roche volcanique est appréciée pour sa surface réfléchissante et sa capacité à symboliser la profondeur de l'inconscient.

2. Verre Teinté :
- Le verre teinté est un matériau courant pour les miroirs noirs modernes. Il peut être coloré pendant le processus de fabrication pour obte-

nir un aspect noir ou sombre, tout en conservant des propriétés réfléchissantes.

3. Métal Poli :
- Certains miroirs noirs sont fabriqués à partir de métaux polis, comme le laiton ou l'acier inoxydable, qui sont ensuite traités pour obtenir une finition noire. Ces miroirs peuvent offrir une esthétique moderne et élégante tout en étant chargés de symbolisme.

4. Pierre Sombre :
- D'autres pierres sombres, telles que le basalte ou le schiste, peuvent également être utilisées pour créer des miroirs noirs, bien que cela soit moins courant. Ces matériaux peuvent être polis pour créer une surface réfléchissante.

Les Poupées

Les poupées maléfiques ont longtemps été une source de fascination et de crainte dans de nombreuses cultures à travers le monde. Souvent associées à des récits d'horreur, des superstitions et des objets de culte, ces poupées incarnent des peurs profondes et des croyances mystiques. Voici un aperçu des poupées maléfiques, de leur histoire, de leur symbolisme et des croyances qui les entourent.

1. Origine et Histoire

- **Poupées comme Objets Spirituels** : Dans de nombreuses cultures, les poupées étaient initialement créées pour des raisons spirituelles ou rituelles. Par exemple, dans certaines traditions africaines et amérindiennes, des poupées étaient utilisées pour invoquer des esprits ou pour représenter des ancêtres.

Les poupées ont souvent été intégrées dans des récits folkloriques et des légendes. Dans des contes d'horreur, elles sont parfois décrites comme des objets maudits ou habités par des esprits malveillants, créant une atmosphère de mystère et de terreur.

2. Symbolisme des Poupées Maléfiques

Représentation de l'Innocence et du Mal : Les poupées, souvent perçues comme des symboles d'innocence et de jeunesse, peuvent devenir des représentations du mal lorsqu'elles sont associées à des événements tragiques ou à des forces obscures. Cette dualité renforce leur caractère effrayant.

Les poupées peuvent servir de réceptacles pour des émotions humaines complexes, comme la peur, l'angoisse ou la nostalgie. Les spectateurs peuvent projeter leurs propres peurs sur ces objets, les transformant en symboles de menace.

Dans certaines cultures, il existe des croyances selon lesquelles certaines poupées sont maudites ou porteuses de malheur. Les gens peuvent éviter d'acheter ou de conserver des poupées qu'ils considèrent comme ayant une histoire sombre.

Pour se protéger des influences négatives associées aux poupées, certaines personnes pratiquent des rituels de purification ou d'apaisement, comme l'utilisation de sel, d'encens ou de prières.

Les poupées maléfiques peuvent représenter des projections des peurs intérieures des individus, telles que la peur de la perte de contrôle, de la vulnérabilité ou de la trahison.

En tant que représentations d'enfance, les poupées peuvent évoquer des souvenirs nostalgiques, mais aussi des traumatismes. La transformation d'une poupée innocente en objet maléfique peut symboliser la perte de l'innocence.

Les poupées sont des objets fascinants qui incarnent à la fois l'innocence et le mal, une dualité qui est souvent exploitée dans l'art, la littérature et le folklore. Cette ambivalence provient de plusieurs facteurs qui relient les poupées à des émotions humaines complexes et à des récits symboliques. Voici comment elles peuvent représenter ces deux aspects opposés :

Les poupées sont traditionnellement associées à l'enfance, à la jouabilité et à l'innocence. Elles sont souvent offertes aux enfants pour jouer, enseignant des valeurs telles que le soin, l'empathie et la créativité.

Dans certaines cultures, les poupées sont considérées comme des talismans protecteurs. Elles sont créées pour veiller sur les enfants, symbolisant la sécurité et la douceur de l'enfance.

La capacité des poupées à passer de symboles d'innocence à objets de malheur est souvent exploitée dans les récits d'horreur. Cette transformation suggère que même les choses les plus innocentes peuvent être corrompues ou manipulées.

Dans de nombreuses histoires, des poupées deviennent des réceptacles pour des esprits malveillants ou des forces obscures. Cette possession transforme l'image de la poupée en une source de peur, créant une dissonance entre son apparence innocente et ses actions sinistres.

Les poupées peuvent également symboliser des angoisses humaines, comme la peur de la trahison, de la perte de contrôle ou de la vulnérabilité. En représentant ces peurs sous une forme innocente, elles accentuent le choc émotionnel lorsque cette innocence est compromise.

La juxtaposition de l'innocence et du mal crée une tension narrative qui captive l'imagination.

Les poupées peuvent ainsi servir de métaphores pour les conflits intérieurs, illustrant la lutte entre le bien et le mal qui existe en chacun de nous.

La dualité des poupées permet d'explorer des thèmes psychologiques profonds, tels que la perte de l'innocence, la vulnérabilité et l'effroi face à l'inconnu. Elles deviennent alors des symboles de notre propre complexité émotionnelle.

Poupées Connues Possédées : Mythes et Réalités

Les poupées possédées sont devenues des figures emblématiques dans le folklore moderne et la culture populaire, souvent associées à des histoires d'horreur et de mystère. Voici quelques-unes des poupées les plus célèbres qui sont réputées être possédées ou maudites :

1. Robert the Doll

- **Origine** : Robert est une poupée en paille qui appartient à l'artiste Robert Eugene Otto, à Key West, en Floride. Selon la légende, la poupée aurait été maudite par un ancien serviteur qui lui aurait donné vie après avoir été maltraitée.

- **Croyances** : Les visiteurs de la maison où Robert est exposé affirment souvent qu'ils ressentent une présence étrange autour de la poupée. Il est dit que ceux qui prennent des photos de Robert sans demander la permission peuvent subir des malheurs.

2. Poupée de la Maison de la Sorcellerie de New Orleans

- **Origine** : Cette poupée est liée aux histoires de sorcellerie et de vaudou à La Nouvelle-Orléans. Elle est souvent associée à des rituels de magie noire et est considérée comme un objet d'invocation.

- **Croyances** : Selon la légende, la poupée est capable de capter l'énergie des personnes qui l'entourent, et ceux qui la touchent peuvent ressentir des vibrations négatives ou des expériences paranormales.

3. La Poupée de Myrtle

- **Origine** : La poupée de Myrtle est une poupée de chiffon qui aurait été possédée par l'esprit d'une jeune fille nommée Myrtle. Elle est exposée au Myrtles Plantation, en Louisiane, qui est réputée pour être l'une des maisons les plus hantées des États-Unis.

- **Croyances** : Les visiteurs rapportent souvent des phénomènes étranges en rapport avec la poupée, y compris des changements de température et des sensations de malaise. La poupée est devenue un symbole des histoires hantées de la plantation.

4. Poupée de la Maison de la Sorcière de Salem

- **Origine :** Cette poupée est associée aux procès de sorcellerie de Salem au XVIIe siècle. Elle aurait été utilisée par des sorcières pour invoquer des esprits ou pour jeter des sorts.

- **Croyances** : Les légendes entourant cette poupée évoquent des phénomènes surnaturels, tels que des apparitions et des voix. Elle est souvent considérée comme un objet maudit qui attire des énergies négatives.

Les poupées connues comme possédées sont souvent entourées de récits mystérieux et d'histoires tragiques qui captivent l'imagination. Que ce soit dans des musées, des plantations historiques ou des récits de folklore, ces poupées continuent d'alimenter les peurs et les croyances liées au paranormal. Elles nous rappellent que les objets apparemment innocents peuvent parfois être chargés d'histoires sombres et de mystères, invi-

tant chacun à réfléchir sur les limites entre le réel et l'imaginaire.

Origine de la Poupée Annabelle

La poupée Annabelle est devenue célèbre grâce à son association avec des histoires de paranormal et de possession, en particulier à travers la franchise de films *The Conjuring*. Voici un aperçu de ses origines :

1. Les Années 1970

- **Contexte** : Annabelle est une poupée en tissu de style "Raggedy Ann", qui a été offerte à une jeune femme nommée Donna en 1970. Donna était étudiante en soins infirmiers et a reçu la poupée comme cadeau de sa mère.

- **Comportement Étrange** : Peu après avoir reçu la poupée, Donna et sa colocataire, Angie, ont commencé à remarquer des phénomènes étranges autour d'Annabelle. La poupée semblait changer de position, apparaissant parfois dans des endroits différents de la maison. De plus, des notes écrites à la main apparaissaient, disant des choses comme "Aidez-moi".

2. L'Intervention des Médiums

- **Communication avec l'Esprit :** Inquiets par ces événements, Donna et Angie ont consulté un médium, qui leur a expliqué que la poupée était habitée par l'esprit d'une jeune fille nommée Annabelle Higgins. Selon le médium, Annabelle avait été retrouvée morte dans le bâtiment où se trouvait leur appartement.

- **Désir de Rester :** L'esprit aurait exprimé un désir de rester avec les jeunes femmes, et celles-ci, pensant qu'il s'agissait d'une présence innocente, ont accepté de garder la poupée.

3. L'Intervention des Warren

- **Rencontre avec Ed et Lorraine Warren :** Les événements autour de la poupée ont attiré l'attention des enquêteurs paranormaux Ed et Lorraine Warren. En 1973, ils ont été appelés pour examiner la situation.

- **Possession Malveillante :** Les Warren ont déterminé que la poupée n'était pas habitée par un esprit bienveillant, mais plutôt par une entité malveillante. Ils ont alors décidé de prendre la poupée et de la placer dans leur collection d'artefacts paranormaux.

4. Préservation et Avertissement

- **Vitrine de Protection** : Annabelle est maintenant conservée dans une vitrine en verre dans le musée des Warren, situé à Monroe, dans le Connecticut. La vitrine est bénie et entourée d'avertissements, soulignant les dangers associés à la poupée.

- **Croyances Contemporaines** : De nombreuses personnes croient que la poupée possède encore des pouvoirs maléfiques, et des histoires circulent sur des malheurs survenant à ceux qui prennent des photos d'Annabelle ou qui ne montrent pas le respect approprié envers elle.

L'origine de la poupée Annabelle est ancrée dans des événements réels qui ont eu lieu dans les années 1970, impliquant des phénomènes paranormaux, des croyances sur la possession et l'intervention de célèbres enquêteurs du paranormal. Cette histoire a été popularisée par des films et des récits, faisant d'Annabelle une icône de l'horreur moderne et renforçant son statut de poupée maudite. Les croyances entourant Annabelle continuent de fasciner et d'effrayer, rappelant que même les objets apparemment innocents peuvent être liés à des récits sombres et mystérieux.

Particularités de la Poupée Annabelle dans le Contexte des Années 1970

La poupée Annabelle est devenue emblématique dans le domaine du paranormal et de l'horreur, et plusieurs éléments la distinguent dans le contexte des années 1970 :

1. **Phénomènes Paranormaux Documentés**

- **Comportement Étrange** : Dans les années 1970, la poupée a été au centre de phénomènes inexpliqués qui ont commencé peu après son arrivée chez Donna. Les mouvements inexplicables de la poupée, son changement de position, et les apparitions de notes mystérieuses ont suscité l'inquiétude.

-**Consultation de Médiums** : L'implication de médiums pour tenter de comprendre la situation était caractéristique de cette époque, où l'intérêt pour le paranormal était en plein essor. Les jeunes femmes cherchaient des réponses et une connexion avec le monde spirituel.

2. **Influence de la Culture Occulte**

- **Intérêt Croissant pour l'Occulte :** Les années 1970 ont vu une montée de l'intérêt pour l'occulte, le paranormal et les phénomènes surnaturels, influencée par des livres, des films et des mouvements spirituels. Cette atmosphère a permis à des histoires comme celle d'Annabelle de gagner en notoriété.

- **Réflexion des Croyances Sociétales :** La fascination pour les esprits et les entités malveillantes dans les années 1970 a été alimentée par des événements culturels, tels que la publication de livres sur le paranormal et la sortie de films d'horreur qui exploraient ces thèmes. Annabelle s'inscrit parfaitement dans cette tendance.

3. Rôle des Warren

- **Intervention des Enquêteurs :** La participation d'Ed et Lorraine Warren, deux figures emblématiques du paranormal, a été déterminante. Leur enquête sur Annabelle a contribué à lui donner une aura mythique. Ils ont non seulement étudié le cas, mais ont également pris la poupée sous leur protection.

- **Bénédiction et Protection** : Les Warren ont mis en place des rituels de protection pour préserver Annabelle et éviter qu'elle ne nuise davantage. Leur approche a renforcé l'idée que la poupée était réellement liée à des forces obscures.

4. Célébrité et Mythe

- **Émergence d'une Légende Urbaine** : L'histoire d'Annabelle a rapidement évolué pour devenir une légende urbaine, avec des récits de personnes ayant vécu des expériences troublantes après avoir été en contact avec la poupée ou même simplement après l'avoir vue.

- **Popularité dans les Médias :** La notoriété d'Annabelle a été renforcée par des articles, des émissions de télévision et des films, débutant avec *The Conjuring* en 2013, qui a popularisé son histoire auprès d'un public plus large. Cela a conduit à la création de plusieurs films centrés sur elle, cimentant son statut d'icône de l'horreur.

La poupée Annabelle se distingue par son association avec des phénomènes paranormaux documentés, son lien avec la culture occulte des années 1970, et l'intervention des enquêteurs Ed et Lorraine Warren. Son histoire a évolué pour devenir une légende urbaine moderne, reflétant les craintes et les croyances de cette époque. Aujourd'hui, Annabelle reste un symbole puissant de l'horreur et du mystère, et continue de fasciner ceux qui s'intéressent au paranormal.

Caractéristiques des Phénomènes Paranormaux Associés à la Poupée Annabelle dans les Années 1970

Les événements mystérieux entourant la poupée Annabelle dans les années 1970 sont devenus une partie intégrante de son histoire. Voici les principales caractéristiques des phénomènes paranormaux qui lui ont été associés :

1. Mouvements Inexplicables

- **Changement de Position :** Les propriétaires de la poupée, Donna et sa colocataire Angie, ont commencé à remarquer que la poupée changeait de position sans explication. Elle apparaissait parfois dans des endroits différents de la maison, ce qui a suscité leur inquiétude.

- **Placement dans des Postures Anormales** : Il a été rapporté que la poupée se retrouvait dans des postures ou des angles inhabituels, renforçant l'idée qu'elle était animée par une force extérieure.

2. Apparition de Notes Mystérieuses

- **Messages Écrits** : Les colocataires ont découvert des notes manuscrites qui apparaissaient sans explication. Ces messages, écrits à la main, contenaient des phrases comme "Aidez-moi", suggérant une communication avec une entité.

- **Origine Inconnue** : L'identité de l'auteur des notes demeurait un mystère, ajoutant un niveau de perplexité à la situation et renforçant le sentiment que quelque chose d'autre était à l'œuvre.

3. Sensation de Présence

- **Inconfort Émotionnel** : Les propriétaires de la poupée ont souvent ressenti une présence étrange et oppressante dans leur appartement. Ce sentiment d'inquiétude et d'angoisse était palpable, et ils avaient l'impression d'être observés.

- **Réactions Physiques** : Certaines personnes qui se sont approchées de la poupée ont rapporté des sensations de malaise, telles que des frissons, des palpitations ou une anxiété inexplicable.

4. Interactions avec des Médiums

- **Consultation de Médiums** : En quête de réponses, Donna et Angie ont consulté un médium qui a affirmé que la poupée était habitée par l'esprit d'une jeune fille nommée Annabelle Higgins. Cette révélation a conduit à des tentatives de communication avec l'esprit.

- **Désir de Rester** : Le médium aurait déclaré que l'esprit de la poupée souhaitait rester avec les jeunes femmes, ce qui a été interprété comme une intention innocente initiale, mais qui a également soulevé des inquiétudes quant à la véritable nature de la présence.

5. *Intervention des Warren*

- **Évaluation des Phénomènes :** Ed et Lorraine Warren, enquêteurs du paranormal, ont été appelés pour examiner la situation. Ils ont constaté que les événements entourant Annabelle étaient plus graves qu'il n'y paraissait.

- **Conclusion sur l'Entité Maléfique** : Les Warren ont déterminé que la poupée était effectivement possédée par une entité malveillante, rejetant l'idée que l'esprit d'Annabelle Higgins était bienveillant. Ils ont pris la poupée pour la placer sous protection.

Les phénomènes paranormaux associés à la poupée Annabelle dans les années 1970 étaient caractérisés par des mouvements inexplicables, des notes mystérieuses, des sensations de présence et des interactions avec des médiums. Ces événements ont contribué à forger la légende d'Annabelle, transformant une poupée apparemment innocente en un symbole d'horreur et de mystère. L'intervention des Warren a également joué un rôle crucial dans la perception de la poupée, la plaçant au cœur de récits paranormaux intrigants qui continuent d'attirer l'attention aujourd'hui.

Voici quelques poupées considérées comme maléfiques ou possédées, qui ont fasciné et effrayé par leurs histoires mystérieuses :

1. Chucky

- **Origine :** Chucky est le personnage principal de la franchise de films *Child's Play*, qui a débuté en 1988. Il s'agit d'une poupée de collection qui devient un tueur en série après que l'esprit d'un meurtrier a été transféré dans le corps de la poupée.

- **Particularités** : Chucky est connu pour son apparence amicale qui contraste avec sa personnalité violente et malveillante. La série explore les thèmes de la possession, de l'innocence corrompue et de la peur d'objets familiers devenant dangereux.

2. La Poupée de la Sorcière de La Nouvelle-Orléans

- **Origine** : Associée aux pratiques vaudou et aux rituels de sorcellerie, cette poupée est un symbole des croyances mystiques de la région.

- **Croyances** : On croit que la poupée peut capter l'énergie des personnes qui l'entourent, et ceux qui la touchent peuvent vivre des expériences paranormales.

3. La Poupée de Kewpee

- **Origine** : Les poupées Kewpee sont des poupées en porcelaine qui ont été populaires au début du XXe siècle. Certaines d'entre elles sont associées à des histoires de malédictions.

- **Phénomènes Associés** : Des propriétaires affirment que ces poupées sont capables de provoquer des événements étranges ou de susciter des émotions intenses, créant une atmosphère de mystère.

Ces poupées, qu'elles soient issues de légendes urbaines, de récits folkloriques ou de films d'horreur, partagent des caractéristiques de mystère et de peur. Elles incarnent l'idée que même les objets les plus innocents peuvent cacher des histoires sombres, et elles continuent de captiver l'imagination collective par leur association avec le paranormal et l'inexplicable.

4. Poupée "Kiki"

- **Origine** : Kiki est une poupée qui aurait été fabriquée par une artiste en Espagne. Elle est devenue célèbre après que son propriétaire a commencé à partager des histoires de phénomènes étranges associés à la poupée sur les réseaux sociaux.

- **Phénomènes Associés :** Les propriétaires de Kiki rapportent des mouvements inexplicables, des changements de température et même des voix murmurant à proximité de la poupée. Elle est souvent considérée comme un objet hanté, attirant l'attention des amateurs de paranormal.

5. La Poupée d'Isla de la Muñeca

- **Origine :** Cette poupée est liée à l'Isla de las Muñecas, une petite île au Mexique remplie de poupées suspendues aux arbres. Selon la légende, le propriétaire de l'île, Don Julian Santana, aurait trouvé une poupée flottant dans un canal et l'aurait accrochée pour apaiser l'esprit d'une fille noyée.

- **Croyances :** On dit que l'île est hantée par l'esprit de la fillette, et les visiteurs affirment entendre des bruits étranges et ressentir des présences inexplicables en se promenant sur l'île.

6. Poupée "The Haunted Doll"

- **Origine** : Cette poupée anonyme est souvent présentée dans des expositions de paranormal. Les histoires autour d'elle varient, mais elle est généralement considérée comme une poupée hantée.

- **Phénomènes Associés** : Des visiteurs affirment avoir ressenti des frissons, entendu des chuchotements, ou même vu des lumières clignotantes en sa présence. Elle est souvent entourée de mystère et de superstitions.

7. Poupée "Penny"

- **Origine** : Penny est une poupée en porcelaine qui aurait appartenu à une famille ayant vécu des événements tragiques. Elle est aujourd'hui exposée dans un musée du paranormal.

- **Croyances :** Les histoires entourant Penny parlent de phénomènes étranges, tels que des mouvements, des apparitions et des sensations de froid lorsque l'on s'approche d'elle. Elle est souvent considérée comme une poupée qui attire des énergies négatives.

8. Poupée "Dolly"

- **Origine :** Dolly est une poupée qui aurait été offerte à une jeune fille qui est décédée dans des circonstances tragiques. La poupée est devenue un symbole de son esprit.

- **Phénomènes Associés :** Les propriétaires de Dolly rapportent des expériences étranges, comme des bruits de pas, des murmures ou des changements de température dans la pièce où la poupée est conservée. Elle est souvent considérée comme un objet qui porte la tristesse de son ancienne propriétaire.

Les Tableaux

Les tableaux maléfiques, souvent représentés par des œuvres d'art qui semblent posséder des pouvoirs mystérieux ou des énergies négatives, sont entourés d'un riche folklore et de récits fascinants. Ils ont captivé l'imagination des gens à travers l'histoire, suscitant des peurs et des croyances. Voici un aperçu des tableaux maléfiques, de leur signification et de l'histoire qui les entoure.

1. Origine et Histoire

- **Art et Surnaturel :** L'idée que certaines œuvres d'art peuvent être maudites ou posséder des énergies négatives remonte à des siècles. De nombreux artistes ont été influencés par des thèmes occultes, spirituels ou sombres dans leurs créations, ce qui a conduit à la naissance de tableaux considérés comme maléfiques.

- **Récits Historiques :** Au fil des siècles, il existe des récits de tableaux qui auraient été associés à des événements tragiques ou à des malédictions. Des œuvres célèbres, comme *Le Cri* d'Edvard Munch, ont été entourées de mythes selon lesquels elles porteraient malheur à leurs propriétaires.

2. Symbolisme des Tableaux Maléfiques

- **Représentation du Mal :** Les tableaux maléfiques sont souvent associés à des thèmes sombres, tels que la mort, la souffrance, la vengeance ou la folie. Ils peuvent représenter des scènes de violence, de désespoir ou des figures spectrales, créant une atmosphère troublante.

- **Énergies Négatives** : On croit que certaines œuvres d'art peuvent absorber des énergies négatives ou des émotions intenses liées à leur création. Cela a conduit à la croyance que ces tableaux peuvent être "chargés" et influencer l'humeur ou le bien-être des personnes qui les regardent.

3. Exemples de Tableaux Maléfiques

- **Le Portrait de Dorian Gray** : Bien que ce ne soit pas un tableau réel, le roman d'Oscar Wilde raconte l'histoire d'un portrait qui vieillit et devient défiguré à mesure que son sujet, Dorian Gray, s'enfonce dans la débauche. Ce récit soulève des questions sur la beauté, la moralité et les conséquences de ses actions.

- **La Femme en Noir** : Ce tableau de l'artiste britannique John Everett Millais est souvent évoqué dans des histoires de fantômes. La figure qui y est représentée est parfois considérée comme hantée, et des récits de manifestations étranges ont été rapportés par ceux qui ont vu l'œuvre.

4. Croyances et Superstitions

- **Malédictions Associées** : Certaines personnes croient que posséder un tableau maudit peut entraîner des événements tragiques ou malheureux. Des rituels de purification sont parfois effectués pour neutraliser les énergies négatives associées à une œuvre d'art.

- **Rituels de Protection** : Pour contrer les effets maléfiques d'un tableau, des praticiens de la spiritualité peuvent utiliser des symboles protecteurs, comme des cristaux, des amulettes ou des prières, pour éloigner les influences négatives.

5. Tableaux dans la Culture Populaire

- **Films et Littérature :** Les tableaux maléfiques sont un thème récurrent dans le cinéma d'horreur et la littérature fantastique. Des films comme *The Possession* ou *The Haunting of Hill House* explorent l'idée que des objets, y compris des œuvres d'art, peuvent être porteurs de malédictions ou d'esprits.

- **Artistes et Mythes :** Des artistes contemporains ont exploré le concept de tableaux maléfiques dans leurs créations, jouant avec l'idée que l'art peut capturer des émotions sombres ou des expériences traumatisantes.

6. Interprétation Psychologique

- **Projection des Peurs** : Les tableaux considérés comme maléfiques peuvent également être *interprétés comme des projections des peurs et des angoisses humaines. Les émotions intenses ressenties face à une œuvre d'art peuvent révéler des vérités cachées sur l'état psychologique des spectateurs.*

*- **Art Thérapeutique** : À l'inverse, certaines personnes utilisent des œuvres d'art sombres ou troublantes comme un moyen d'explorer des émotions difficiles, en trouvant catharsis et compréhension à travers la confrontation avec le mal.*

Les tableaux maléfiques, qu'ils soient ancrés dans la réalité ou le folklore, représentent une fascinante intersection entre l'art, la spiritualité et la psychologie. Ils évoquent des thèmes sombres et complexes, nous invitant à réfléchir sur notre relation avec le bien, le mal et tout ce qui se trouve entre les deux. Que ce soit à travers des récits de malédictions ou des explorations psychologiques, ces œuvres continuent de captiver notre imagination et de nous interroger sur les mystères de l'esprit humain et de l'art. En fin de compte, elles nous rappellent que l'art a le pouvoir d'évoquer non seulement la beauté, mais aussi les ténèbres qui résident en chacun de nous.

Projection des Émotions Humaines à Travers des Tableaux Maléfiques

Les tableaux considérés comme maléfiques peuvent servir de miroirs aux émotions humaines, permettant aux spectateurs de projeter leurs sentiments, leurs peurs et leurs angoisses sur l'œuvre. Cette interaction entre l'art et l'émotion humaine est complexe et multifacette. Voici quelques façons dont cela se manifeste :

1. Identification et Empathie

- *Identification avec les Personnages* : Les spectateurs peuvent s'identifier aux figures représentées dans des tableaux sombres ou troublants. Par exemple, une œuvre montrant la souffrance ou le désespoir peut toucher des personnes ayant vécu des expériences similaires, suscitant une empathie profonde.

- **Éveil de la Compassion** : Les émotions intenses véhiculées par des tableaux maléfiques peuvent éveiller la compassion chez le spectateur. La douleur ou la tragédie représentée peut résonner avec des luttes personnelles, conduisant à une meilleure compréhension des émotions humaines universelles.

2. Confrontation à la Peur

- **Affrontement des Anxiétés** : En regardant des œuvres d'art sombres, les spectateurs peuvent être confrontés à leurs propres peurs et angoisses. Les tableaux qui explorent des thèmes de mort, de perte ou de folie peuvent mettre en lumière des préoccupations intérieures que l'on préfère ignorer.

- **Catharsis Émotionnelle** : L'expérience de regarder un tableau considéré comme maléfique peut offrir une forme de catharsis. En confrontant des émotions négatives à travers l'art, les spectateurs peuvent libérer des tensions émotionnelles accumulées et trouver un soulagement.

3. Symbolisme et Interprétation Personnelle

- **Symboles de Lutte Intérieure :** Les éléments sombres ou dérangeants d'une œuvre peuvent être interprétés comme des symboles de luttes intérieures. Par exemple, des couleurs sombres, des formes déformées ou des compositions chaotiques peuvent représenter des conflits émotionnels ou des traumatismes.

- **Interprétations Personnelles :** Chaque spectateur peut interpréter un tableau de manière différente en fonction de ses propres expériences et émotions. Ce processus de projection personnelle permet à l'œuvre d'art de résonner de manière unique avec chaque individu.

4. Énergie Émotionnelle et Atmosphère

- **Ambiance Sombre** : Les tableaux maléfiques sont souvent chargés d'une atmosphère sombre qui peut influencer l'état émotionnel des spectateurs. Cette ambiance peut intensifier les sentiments de tristesse, de peur ou de malaise, créant une réponse émotionnelle forte.

- **Manipulation des Sens** : Les artistes utilisent des techniques telles que l'éclairage, la couleur et la composition pour manipuler les émotions. Un tableau qui utilise des contrastes saisissants ou des teintes sombres peut évoquer une réaction émotionnelle intense, incitant le spectateur à ressentir la tension ou la douleur.

5. Exploration de la Psyché

- **Art comme Réflexion de l'Inconscient** : Les tableaux maléfiques peuvent agir comme des fenêtres sur l'inconscient. Ils peuvent révéler des désirs refoulés, des peurs cachées ou des vérités sur la condition humaine. L'art devient ainsi un moyen d'explorer des aspects sombres de la psyché.

- **Dialogue Interne** : L'interaction avec des tableaux considérés comme maléfiques peut encourager un dialogue interne sur des émotions difficiles. Les spectateurs peuvent être amenés à réfléchir sur leurs propres expériences, leurs choix et leurs valeurs.

Les tableaux considérés comme maléfiques possèdent une capacité unique à projeter les émotions humaines, agissant comme des catalyseurs pour l'identification, la confrontation et l'exploration psychologique. En permettant aux spectateurs de ressentir, d'interroger et de libérer des émotions à travers l'art, ces œuvres deviennent des outils puissants de compréhension de soi et de catharsis. L'art, dans ce contexte, dépasse son rôle esthétique pour devenir un moyen d'explorer les profondeurs de l'expérience humaine et de la complexité des émotions.

Les Meubles

Les meubles maudits sont des objets qui, comme les poupées possédées, sont chargés d'histoires sombres et de phénomènes paranormaux. Voici quelques exemples notables de meubles maudits, accompagnés de leurs histoires fascinantes :

1. La Chaise de la Mort (Death Chair)

- **Origine** : Cette chaise en bois est réputée pour avoir été utilisée par des criminels condamnés à mort. Elle est souvent associée à des légendes sur des esprits vengeurs et des énergies négatives.

- **Phénomènes Associés** : Les personnes qui s'asseyent sur cette chaise rapportent des sensations de malaise, de frissons ou même des visions troublantes. On dit que ceux qui l'ont essayée ont connu des épisodes de malchance.

2. Le Bureau de l'Esprit (The Spirit Desk)

- **Origine** : Ce bureau est lié à l'histoire de son ancien propriétaire, un écrivain qui aurait été hanté par des visions et des voix. On dit qu'il a écrit des œuvres inspirées par ces expériences avant de mourir dans des circonstances tragiques.

- **Croyances** : Les utilisateurs du bureau rapportent des expériences étranges, telles que des mots qui apparaissent sur le papier sans qu'ils aient été écrits, ou des objets qui se déplacent d'eux mêmes.

3. La Commode de la Famille Raynham

- **Origine :** Cette commode en bois est associée à la famille Raynham, qui aurait vécu des événements tragiques. Les membres de la famille sont décédés dans des circonstances mystérieuses, et la commode a été laissée derrière.

- **Phénomènes Associés** : Les visiteurs qui s'approchent de la commode rapportent des bruits étranges, des apparitions et des sensations de froid. Elle est souvent considérée comme un objet qui attire des esprits tourmentés.

4. Le Lit de la Maison Hantée de Killeen

- **Origine** : Ce lit est situé dans une maison réputée pour être hantée. Les anciens propriétaires ont rapporté des événements étranges, notamment des bruits de pas et des sensations de présence.

- **Croyances** : Les personnes qui ont dormi dans ce lit affirment avoir eu des cauchemars récurrents et des expériences de paralysie du sommeil. Le lit est souvent considéré comme un porteur de malchance.

5. Le Canapé de la Maison de la Sorcellerie de New Orleans

- **Origine :** Ce canapé a été fabriqué à partir de matériaux supposés maudits et est associé aux pratiques vaudou de La Nouvelle-Orléans. Il est dit qu'il a été utilisé lors de rituels occultes.

- **Phénomènes Associés** : Les personnes qui s'assoit sur ce canapé rapportent des sensations de malaise, des visions troublantes et des changements d'atmosphère dans la pièce. Il est souvent considéré comme un objet qui attire des énergies négatives.

6. La Table Ouija de la Famille Hargrove

- **Origine :** Cette table Ouija aurait été utilisée par la famille Hargrove pour communiquer avec les esprits. Les événements qui ont suivi ont conduit à des tragédies au sein de la famille.

- **Croyances** : Les utilisateurs de la table rapportent des expériences de possession, des voix inexplicables et des objets qui se déplacent d'eux-mêmes. La table est souvent considérée comme un portail vers l'au-delà.

Voici d'autres exemples de meubles maudits, chacun ayant une histoire intrigante et souvent troublante :

7. La Chaise de la Sorcière (Witch's Chair)

- **Origine** : Cette chaise est associée à des histoires de sorcellerie dans le Massachusetts. On dit qu'elle appartenait à une sorcière qui aurait pratiqué des rituels dans sa maison.

- **Phénomènes Associés :** Les personnes qui s'asseyent sur cette chaise rapportent des sensations de froid, des murmures inexplicables et une atmosphère lourde. Certains affirment même avoir ressenti une présence malveillante.

8. Le Buffet de la Maison Hantée de Whaley

- **Origine** : Ce meuble se trouve dans la Whaley House en Californie, considérée comme l'une des maisons les plus hantées des États-Unis. Le buffet aurait été utilisé par la famille Whaley.

- **Croyances** : Les visiteurs rapportent des bruits de pas, des apparitions et des sensations de malaise en présence du buffet. Il est souvent considéré comme un point focal pour les manifestations paranormales dans la maison.

9. Le Coffre de la Malédiction (Cursed Chest)

- **Origine :** Ce coffre en bois est souvent associé à des histoires de trésors maudits. Selon la légende, quiconque essaie de l'ouvrir subit des malheurs.

- **Phénomènes Associés** : Les propriétaires de ce coffre affirment avoir connu des événements tragiques, des accidents et des pertes financières après l'avoir ouvert. Il est considéré comme un objet à éviter.

10. Le Bureau des Esprits (Spirit Desk)

- **Origine :** Ce bureau en bois est réputé pour avoir appartenu à un écrivain qui a connu des tragédies dans sa vie. On dit qu'il a été utilisé pour écrire des œuvres inspirées par des entités spirituelles.

- **Croyances** : Les utilisateurs rapportent des expériences étranges, telles que des mots qui apparaissent sur le papier sans qu'ils aient été écrits, ainsi que des bruits inexplicables venant de l'intérieur du bureau.

11. La Table de Fermentation de l'Hôtel de Ville de la Nouvelle-Orléans

- **Origine** : Cette table est utilisée dans un ancien hôtel de ville de La Nouvelle-Orléans, où des rituels vaudous auraient eu lieu. Elle est souvent associée à des pratiques occultes.

- **Phénomènes Associés :** Les clients de l'hôtel rapportent des expériences de possession, des visions troublantes et des apparitions d'ombres. La table est considérée comme un point de connexion avec l'au-delà.

12. Le Lit de la Maison de la Famille Muir

- **Origine** : Ce lit aurait appartenu à une famille qui a vécu de nombreuses tragédies. Les membres de cette famille auraient tous connu des morts violentes ou des événements traumatisants.

- **Croyances** : Les personnes qui dorment dans ce lit signalent des cauchemars récurrents, des sensations de suffocation et des apparitions de figures fantomatiques. Le lit est souvent considéré comme une source de malchance.

13. La Poupée de Récupération (Cursed Doll)

- **Origine :** Bien qu'il s'agisse d'une poupée, elle est souvent placée sur un meuble comme une vitrine ou un établi. Cette poupée aurait été récupérée dans une maison où des événements tragiques se sont produits.

- **Phénomènes Associés :** Les visiteurs de la vitrine rapportent des sensations de malaise, des bruits de chuchotements et des mouvements de la poupée, même lorsqu'elle est immobile. Elle est considérée comme un objet maudit.

Voici d'autres exemples de meubles maudits, chacun avec ses propres récits intrigants et souvent troublants :

14. Le Canapé de La Maison des Esprits

- **Origine** : Ce canapé, trouvé dans une maison historique, est réputé pour avoir été la scène de nombreux drames familiaux. Selon la légende, des disputes violentes auraient eu lieu en son sein.

- **Phénomènes Associés** : Les visiteurs affirment avoir ressenti des vibrations étranges, des murmures et une atmosphère tendue lorsqu'ils s'asseyaient dessus. Certains rapportent même avoir vu des apparitions de figures fantomatiques.

15. La Table de Ouija de l'Hôtel Stanley

- **Origine :** Cette table de Ouija se trouve dans l'Hôtel Stanley, célèbre pour avoir inspiré Stephen King pour son roman *The Shining*. Elle est souvent utilisée par les invités pour tenter de communiquer avec les esprits.

   - **Croyances** : Les utilisateurs rapportent des expériences troublantes, notamment des réponses inattendues et des objets se déplaçant sans explication. L'atmosphère de l'hôtel ajoute à l'intensité de ces expériences.

16. Le Lit de la Maison de M. Whaley

   - **Origine :** Ce lit est situé dans la Whaley House, souvent considérée comme l'une des maisons les plus hantées des États-Unis. Les membres de la famille Whaley auraient vécu des événements tragiques dans cette maison.

   - **Croyances** : Les personnes qui dorment dans ce lit rapportent des cauchemars récurrents, des sensations de suffocation et des apparitions de figures fantomatiques. Le lit est souvent considéré comme un lieu où les esprits se manifestent.

17. Le Bureau de l'Écrivain Maudit

- **Origine** : Ce bureau aurait appartenu à un écrivain célèbre qui a été hanté par des démons créatifs. On dit qu'il a écrit ses meilleures œuvres à son bureau, mais à un coût tragique.

- **Phénomènes Associés** : Les utilisateurs rapportent des bruits inexplicables, des pages qui se tournent toutes seules et des visions troublantes d'anciennes luttes. Le bureau est considéré comme un réceptacle des luttes de l'écrivain.

18. La Commode de l'Appartement de l'Écrivain

- **Origine :** Cette commode appartenait à un écrivain qui a connu une carrière brillante mais tragique. On dit qu'il a utilisé cette commode pour ranger ses notes et ses manuscrits.

- **Croyances :** Les visiteurs affirment avoir ressenti des présences étranges en s'approchant de la commode, ainsi que des bruits de chuchotements et des sensations de froid. Certains croient que l'esprit de l'écrivain hante le meuble.

19. Le Meuble de Jardin de la Maison de la Sorcière

- **Origine :** Ce meuble de jardin aurait appartenu à une sorcière qui a pratiqué des rituels dans son jardin. Il est souvent associé à des histoires de magie noire et de malédictions.

- **Phénomènes Associés** : Les personnes qui s'assoient sur ce meuble rapportent des sensations de malaise, des apparitions et des changements d'atmosphère. Il est souvent considéré comme un point de connexion avec des forces occultes.

20. La Table de Fermentation de l'Hôpital Hanté

- **Origine** : Cette table aurait été utilisée dans un ancien hôpital où des expériences médicales controversées ont été menées. Les rumeurs sur les souffrances des patients ont rendu la table maudite.

- **Croyances :** Les visiteurs rapportent des bruits étranges, des visions d'anciens patients et des sensations de douleur en présence de la table. Elle est souvent considérée comme un portail vers les souffrances passées.

Les meubles maudits, qu'ils soient des canapés, des bureaux, des lits ou d'autres objets, sont souvent chargés d'histoires sombres et de récits de phénomènes paranormaux. Ces objets, qui semblent ordinaires à première vue, peuvent avoir un impact profond sur ceux qui les utilisent où s'en approchent. Ils nous rappellent que notre environnement peut receler des mystères et des *forces que nous ne comprenons pas toujours, alimentant la fascination pour le paranormal et les histoires de hantise. Les récits autour de ces meubles continuent de captiver les amateurs de mystères et d'histoires d'horreur, renforçant l'idée que certains objets portent en eux des énergies et des histoires qui transcendent le temps.*

Autres Objets

Voici une sélection d'objets objets maudits, chacun avec des histoires fascinantes et souvent troublantes :

1. Le Diamant Hope

Le diamant Hope est l'un des joyaux les plus célèbres et mystérieux au monde, connu non seulement pour sa beauté saisissante mais aussi pour son histoire intrigante et sa réputation légendaire. Ce chapitre explore ses origines, son parcours à travers les siècles, et les mystères qui l'entourent.

Origines et Caractéristiques

Le diamant Hope trouve ses origines en Inde, dans les mines de Golconde, connues pour avoir produit certains des diamants les plus prestigieux de l'histoire. Initialement, il pesait environ 112 carats et présentait une couleur bleue intense, due à la présence de traces de bore dans sa structure cristalline. Sa taille actuelle est de 45,52 carats, après avoir été retaillé plusieurs fois au cours de son histoire.

Un Parcours Émaillé de Légendes

Au XVIIe siècle, le diamant fut acheté par le voyageur français Jean-Baptiste Tavernier, qui le vendit ensuite au roi Louis XIV de France. À la cour française, il fut taillé en forme de cœur et connu sous le nom de "Diamant Bleu de la Couronne". Il devint un symbole de royauté et de pouvoir, mais aussi de malchance, car plusieurs propriétaires ultérieurs connurent des destins tragiques, contribuant à sa réputation de diamant maudit.

Après la Révolution française, le diamant fut volé et disparut pendant quelques décennies.

Il refit surface en Angleterre au début du XIXe siècle, où il fut acquis par Henry Philip Hope, un banquier londonien, d'où il tire son nom actuel. Le diamant resta dans la famille Hope jusqu'à ce qu'il soit vendu pour régler des dettes.

Le Diamant de la Malédiction

Le diamant Hope est souvent associé à une malédiction, qui aurait touché ceux qui l'ont possédé. Des récits racontent que ses propriétaires ont souffert de ruines financières, de disgrâces sociales, et même de morts prématurées. Bien que ces histoires soient souvent exagérées pour des raisons sensationnalistes, elles ont contribué à la fascination et au mystère entourant ce diamant.

Exposition et Héritage

Aujourd'hui, le diamant Hope est exposé au Musée national d'histoire naturelle de la Smithsonian Institution à Washington, D.C. Il attire chaque année des millions de visiteurs, captivés par sa beauté et son histoire complexe. En tant que pièce maîtresse de la collection de gemmes du musée, le diamant Hope continue d'exercer un attrait presque mythique, symbolisant à la fois le luxe et les mystères non résolus du passé.

Le diamant Hope demeure l'un des trésors les plus énigmatiques de l'histoire, un joyau qui a traversé les siècles en accumulant des légendes. Son incroyable voyage, de l'Inde à la France, puis en Angleterre, et enfin aux États-Unis, illustre non seulement l'histoire des gemmes précieuses mais aussi la tendance humaine à associer des récits fantastiques aux objets d'une beauté et d'une rareté extraordinaires.

2. La Pierre de Blarney

La pierre de Blarney est un artefact légendaire et historique situé en Irlande, célèbre pour sa capacité supposée à conférer le don de l'éloquence à ceux qui l'embrassent. Ce chapitre explore l'histoire, les légendes et l'importance culturelle de cette pierre emblématique.

Origine et Localisation

La pierre de Blarney est enchâssée dans le mur supérieur du château de Blarney, près de Cork, en Irlande. Le château lui-même remonte à 1446, construit par Dermot McCarthy, roi de Munster. La pierre est intégrée dans les murs du château, à une hauteur vertigineuse, nécessitant une certaine acrobatie pour l'atteindre et l'embrasser.

Légendes et Pouvoirs

Selon la légende, embrasser la pierre de Blarney confère le "don de la parole" ou "le don de l'éloquence". Plusieurs histoires expliquent l'origine de ce pouvoir. L'une des plus populaires raconte que la pierre a été un cadeau de gratitude de la déesse Cliodhna à Cormac Laidir McCarthy pour l'avoir aidée lors d'une bataille. D'autres récits suggèrent que la pierre a des liens avec la Pierre de Scone, utilisée lors des couronnements écossais, ou qu'elle aurait été utilisée par Jacob comme oreiller biblique.

Le Rituel de l'Embrassade

Pour embrasser la pierre, les visiteurs doivent grimper au sommet du château, se pencher en arrière sur un vide avec l'aide d'un assistant, et embrasser la pierre à l'envers. Ce rituel est devenu une attraction touristique majeure, attirant des visiteurs du monde entier désireux d'acquérir une éloquence légendaire.

Importance Culturelle

La pierre de Blarney est devenue un symbole culturel important en Irlande, associée à la légendaire habileté des Irlandais pour la conversation et le charme. Le terme "blarney" est même entré dans la langue anglaise, signifiant un discours flatteur ou cajoleur, souvent utilisé pour obtenir ce que l'on veut.

Impact Touristique

Chaque année, des centaines de milliers de touristes visitent le château de Blarney pour embrasser la pierre et explorer ses magnifiques jardins. L'attrait de la pierre réside autant dans l'expérience unique de son baiser que dans les histoires et légendes qui l'entourent. Le château et ses environs sont également un exemple fascinant de l'architecture médiévale et des paysages irlandais luxuriants.

La pierre de Blarney continue de captiver l'imagination des visiteurs grâce à son pouvoir supposé et ses origines légendaires. Elle représente une fusion fascinante de l'histoire, du mythe et de la culture populaire, tout en restant une attraction incontournable pour ceux qui souhaitent explorer le patrimoine riche et varié de l'Irlande. Embrasser la pierre de Blarney est plus qu'un simple rituel touristique ; c'est une immersion dans un monde où la magie et l'histoire s'entrelacent.

3. La Table de Ouija de l'Hôtel Stanley

L'hôtel Stanley, situé à Estes Park, Colorado, est célèbre pour son architecture majestueuse et son rôle d'inspiration pour le roman "The Shining" de Stephen King. Parmi les nombreux récits de phénomènes paranormaux associés à cet hôtel historique, la légende de la table de Ouija occupe une place particulière. Ce chapitre explore l'histoire de l'hôtel Stanley, les mystères entourant la table de Ouija, et les récits de phénomènes inexpliqués qui y sont associés.

Construit en 1909 par Freelan Oscar Stanley, l'hôtel Stanley est un chef-d'œuvre de l'ère édouardienne, offrant une vue spectaculaire sur les montagnes Rocheuses. Conçu comme une retraite de luxe pour les voyageurs de l'époque, il a rapidement acquis la réputation d'être l'un des hôtels les plus prestigieux de la région. Son charme intemporel et son ambiance élégante continuent d'attirer des visiteurs du monde entier.

La Table de Ouija : Un Outil de Communication

La table de Ouija est un dispositif utilisé pour tenter de communiquer avec les esprits. Composée d'un plateau imprimé avec les lettres de l'alphabet, les chiffres, et les mots "oui", "non" et "au revoir", elle est accompagnée d'une planchette mobile que les participants déplacent supposément sous l'influence des esprits.

À l'hôtel Stanley, la table de Ouija est devenue célèbre pour les rencontres paranormales rapportées par les clients et le personnel. De nombreuses histoires circulent sur des séances où la table aurait bougé de manière inexplicable, livrant des messages cryptiques ou révélant des informations personnelles sur les participants.

Récits de Phénomènes Inexpliqués

Parmi les récits les plus célèbres, on trouve celui d'une séance où un groupe de clients aurait reçu un message d'un ancien résident de l'hôtel, décrivant avec précision des événements passés. D'autres témoignages parlent de planchettes qui se déplacent seules, de bruits étranges et de sensations de présence dans la pièce.

Ces événements ont renforcé la réputation de l'hôtel Stanley comme l'un des lieux les plus hantés des États-Unis. Des équipes de chasseurs de fantômes et des émissions télévisées spécialisées dans le paranormal ont souvent enquêté sur ces phénomènes, ajoutant à la légende.

La Fascination pour le Paranormal

L'attrait de la table de Ouija et des histoires paranormales de l'hôtel Stanley réside dans notre fascination pour l'inconnu et l'au-delà. Pour de nombreux visiteurs, participer à une séance de Ouija à l'hôtel Stanley est une expérience palpitante, mêlant curiosité et appréhension.

4. La Cloche de la Malédiction

Origines de la Cloche de la Malédiction

Les cloches ont toujours occupé une place importante dans les rites religieux et culturels à travers le monde, symbolisant souvent des appels à la prière, des annonces de temps ou des signaux d'alerte. Cependant, certaines cloches ont acquis une réputation sinistre, associées à des malédictions et à des événements tragiques.

L'une des histoires les plus célèbres concerne une cloche fabriquée pour une église ou une communauté qui, dès sa première sonnerie, aurait provoqué des malheurs. Les circonstances entourant la création de la cloche, que ce soit un métal impur, une bénédiction manquée, ou une fabrication lors d'une période astrologiquement défavorable, sont souvent citées comme des raisons potentielles de la malédiction.

Légendes et Histoires

Dans plusieurs récits, la cloche de la malédiction est liée à des événements tragiques. Par exemple, on raconte qu'une ville ayant commandé une cloche pour célébrer un événement heureux a, à la place, subi une série de catastrophes dès que la cloche a retenti : incendies, épidémies, ou guerres. Les habitants, terrifiés, auraient tenté de détruire la cloche, mais ses fragments auraient continué à porter la malédiction.

Une autre légende populaire parle d'une cloche volée à une église et utilisée à des fins profanes. Lorsqu'elle fut finalement récupérée et remise à sa place sacrée, elle aurait sonné de manière autonome, annonçant des calamités à venir.

La Cloche comme Symbole

La cloche de la malédiction symbolise souvent les conséquences de l'irrévérence ou du non-respect des traditions sacrées. Elle est un rappel des pouvoirs mystérieux que les sociétés attribuent aux objets sacrés et des superstitions qui en découlent. Ces récits servent à avertir les communautés des dangers de l'orgueil et de la négligence envers le sacré.

Impact Culturel

Les histoires de la cloche de la malédiction ont inspiré de nombreuses œuvres littéraires, pièces de théâtre et films, utilisant le concept pour explorer les thèmes de la fatalité et du destin. Elles continuent d'influencer la culture populaire, apparaissant dans des récits qui questionnent le hasard et la superstition.

La légende de la cloche de la malédiction est un riche mélange d'histoire, de mythe et de superstition. Elle illustre la manière dont les sociétés utilisent les récits de malédictions pour expliquer l'inexplicable et pour transmettre des leçons importantes sur la piété, le respect et les conséquences des actions humaines. Qu'elle soit réelle ou imaginaire, la cloche de la malédiction reste un puissant symbole de la fascination humaine pour le mystère et l'inconnu.

Voici d'autres objets maudits, chacun portant avec lui des récits fascinants et souvent troublants :

9. L'Anneau de Salomon

L'anneau de Salomon est l'un des artefacts les plus légendaires de l'histoire et des traditions mystiques. Souvent décrit comme un anneau doté de pouvoirs extraordinaires, il est associé au roi Salomon, une figure biblique célèbre pour sa sagesse, sa richesse et son règne prospère sur Israël. Ce chapitre explore l'histoire, les légendes et l'influence culturelle de cet anneau mythique.

Origines et Description

L'anneau de Salomon est traditionnellement décrit comme un anneau gravé de symboles sacrés ou du nom de Dieu, ce qui lui conférerait des pouvoirs magiques. Selon la légende, cet anneau aurait été donné à Salomon par Dieu lui-même, ou par l'archange Michel, pour l'aider à gouverner son royaume avec justice et sagesse.

Pouvoirs de l'Anneau

L'anneau de Salomon est censé posséder plusieurs pouvoirs extraordinaires. Parmi eux, la capacité de contrôler les démons et les esprits, de parler aux animaux, et de comprendre le langage des plantes. Ces capacités auraient permis à Salomon de construire le Temple de Jérusalem en utilisant l'aide des démons et de régner avec une sagesse inégalée.

Dans certaines versions des légendes, l'anneau permet également de commander les vents et les eaux, et de découvrir des trésors cachés. Ces pouvoirs ont fait de l'anneau un symbole de connaissance et de maîtrise sur le monde naturel et surnaturel.

Légendes et Mythologie

Les récits concernant l'anneau de Salomon varient à travers les cultures et les époques. Dans le folklore juif, l'anneau est un symbole de la sagesse divine accordée à Salomon. Dans les traditions islamiques, il est souvent mentionné dans les contes des Mille et Une Nuits, où Salomon apparaît comme un roi-magicien.

Une histoire célèbre raconte comment Salomon a perdu son anneau à cause du démon Asmodée, qui a usurpé son trône. Salomon a erré en exil jusqu'à ce qu'il récupère l'anneau et retrouve son pouvoir et sa position.

Influence Culturelle

L'anneau de Salomon a eu une influence majeure sur la littérature, l'ésotérisme, et l'alchimie. Il est souvent représenté dans l'art et la fiction comme un objet de quête, symbolisant la recherche de sagesse et de pouvoir ultime. Des grimoires médiévaux prétendent contenir des instructions pour créer un anneau similaire, utilisé dans la magie cérémonielle.

Symbolisme et Héritage

Au-delà de ses pouvoirs magiques, l'anneau de Salomon symbolise la quête humaine de connaissance, de sagesse et de contrôle sur les forces invisibles. Il représente également les pièges du pouvoir, mettant en garde contre l'orgueil et l'abus des dons divins.

L'anneau de Salomon reste une légende fascinante, riche en symbolisme et en mystère. Qu'il soit considéré comme un artefact historique ou une métaphore mythique, il continue d'inspirer ceux qui cherchent à comprendre la relation entre le pouvoir, la sagesse et la responsabilité. Sa légende perdure, illustrant l'éternelle quête humaine pour le savoir et la maîtrise des forces qui gouvernent notre monde.

10. Le Crâne de cristal de Mitchell-Hedges

Le crâne de cristal de Mitchell-Hedges est l'un des artefacts les plus célèbres et controversés du monde archéologique. Entouré de mystère, de légendes et de débats scientifiques, ce crâne en cristal de quartz a captivé l'imagination des chercheurs et du grand public depuis sa découverte présumée. Ce chapitre explore l'histoire, les légendes et les controverses entourant ce crâne énigmatique.

Découverte et Description

Le crâne de cristal de Mitchell-Hedges aurait été découvert en 1924 par Anna Mitchell-Hedges, la fille adoptive de l'explorateur britannique Frederick Albert Mitchell-Hedges, lors d'une expédition à Lubaantun, une ancienne cité maya située dans l'actuel Belize. Selon le récit d'Anna, elle a trouvé le crâne sous un autel en pierre, partiellement enfoui dans les ruines.

Le crâne est taillé dans un seul bloc de cristal de quartz clair et pèse environ 5 kg. Il est remarquablement détaillé, reproduisant avec précision les traits du crâne humain, y compris une mâchoire amovible. Cette précision a conduit à des spéculations sur ses origines et sa signification.

Légendes et Mystères

Le crâne de cristal de Mitchell-Hedges est souvent associé à des légendes mystiques. Certains affirment qu'il possède des pouvoirs surnaturels, tels que la capacité de guérir, de provoquer des visions ou de conférer la sagesse universelle. D'autres légendes affirment qu'il fait partie d'un ensemble de treize crânes de cristal dispersés à travers le monde, qui, une fois réunis, révéleraient des connaissances ésotériques anciennes.

Controverses et Débats

Depuis sa découverte, le crâne a été au centre de nombreuses controverses. Les sceptiques remettent en question l'authenticité du récit d'Anna Mitchell-Hedges, soulignant l'absence de documentation contemporaine de la découverte à l'époque et le fait que le crâne ne soit mentionné que des décennies plus tard. De plus, des analyses scientifiques ont suggéré que le crâne présente des marques d'usinage modernes, ce qui indiquerait qu'il aurait été fabriqué au XIXe ou au XXe siècle, plutôt que par les Mayas anciens.

Malgré ces doutes, le crâne continue de fasciner et d'intriguer, en partie grâce à sa beauté et à sa complexité en tant qu'objet d'art.

Impact Culturel

Le crâne de cristal de Mitchell-Hedges a profondément influencé la culture populaire, apparaissant dans des livres, des documentaires et des films, notamment "Indiana Jones et le Royaume du crâne de cristal". Il symbolise le mystère et l'inconnu, captivant ceux qui s'intéressent aux artefacts anciens et aux théories alternatives sur l'histoire humaine.

Le crâne de cristal de Mitchell-Hedges demeure un artefact énigmatique, au carrefour entre l'histoire, le mythe et le mystère. Qu'il soit un chef-d'œuvre ancien ou une création plus récente, sa légende continue de captiver l'imagination des chercheurs et des amateurs de mystères. Il représente l'éternelle quête de l'humanité pour percer les secrets du passé et comprendre les forces mystérieuses qui peuvent relier l'histoire et le mythe.

11. La Statue de l'Ange de la Mort

La statue de l'Ange de la Mort est un monument énigmatique et souvent redouté, enveloppé de légendes et de mystères. Présente dans différents contextes à travers le monde, elle symbolise la mort, le passage vers l'au-delà, et parfois, la protection divine. Ce chapitre explore l'histoire, les diverses représentations et les légendes entourant cette statue fascinante.

Origines et Représentations

L'Ange de la Mort est une figure récurrente dans de nombreuses cultures et traditions religieuses, souvent représentée comme un être ailé portant une faux ou un livre de la vie et de la mort. Dans les contextes artistiques et sculpturaux, la statue de l'Ange de la Mort est généralement conçue pour évoquer à la fois la majesté et la solennité. Elle peut être trouvée dans des cimetières, des monuments commémoratifs ou des lieux sacrés.

La Statue de l'Ange de la Mort à Bonaventure

L'une des statues les plus célèbres de l'Ange de la Mort se trouve dans le cimetière de Bonaventure à Savannah, en Géorgie, aux États-Unis. Connue sous le nom de "L'Ange de la Mort Triomphant", cette statue en bronze représente un ange tenant une branche de laurier dans une main et une trompette dans l'autre, symbolisant la victoire sur la mort et l'appel au jugement dernier.

Cette statue est devenue célèbre grâce au roman "Minuit dans le jardin du bien et du mal" de John Berendt, qui a contribué à renforcer son aura de mystère et d'intrigue.

Légendes et Mythes

Les statues de l'Ange de la Mort sont souvent entourées de légendes sombres et mystérieuses. Dans certaines traditions, on dit que l'ange se manifeste à ceux qui sont proches de la mort, guidant les âmes vers l'au-delà. D'autres récits prétendent que quiconque regarde dans les yeux de la statue sera maudit ou recevra des visions de sa propre mort.

Ces histoires ont contribué à la fascination et à la crainte entourant ces statues, transformant de simples œuvres d'art en objets de superstition et de révérence.

Symbolisme et Signification

La statue de l'Ange de la Mort est riche en symbolisme. Elle représente à la fois la fin de la vie terrestre et le début d'un voyage spirituel. Pour certains, elle est un rappel de la mortalité humaine et de l'importance de vivre une vie vertueuse. Pour d'autres, elle incarne l'espoir et la protection divine, offrant une assurance de paix éternelle après la mort.

Impact Culturel

Au-delà de leur signification religieuse et culturelle, les statues de l'Ange de la Mort ont influencé l'art, la littérature et le cinéma. Elles apparaissent souvent dans des œuvres explorant les thèmes de la mort, du surnaturel et de l'au-delà, symbolisant la frontière entre le monde des vivants et celui des morts.

La statue de l'Ange de la Mort reste un monument puissant et évocateur, invitant à la réflexion sur les mystères de la vie et de la mort. Qu'elle soit vue comme un gardien bienveillant ou une figure redoutable, elle continue de captiver l'imagination et de susciter des émotions profondes. Son histoire et son symbolisme rappellent à l'humanité la fragilité de la vie et l'éternelle quête de sens face à l'inconnu.

13. La Pierre de Lamentation

La pierre de Lamentation est un artefact mystérieux souvent associé à des légendes de pouvoir, de tristesse et de rédemption. Bien qu'elle ne soit pas aussi bien documentée que d'autres artefacts célèbres, elle intrigue par son nom évocateur et les récits qui l'entourent. Ce chapitre explore les histoires, les symbolismes et les mystères de la pierre de Lamentation.

Origines de la Pierre

La pierre de Lamentation est souvent décrite dans les contes et légendes comme un objet ancien, découvert dans des lieux sacrés ou des ruines oubliées. On dit qu'elle est gravée de symboles ou de runes, et qu'elle émet une aura particulière qui inspire à la fois la tristesse et la réflexion. L'origine exacte de la pierre varie selon les récits, mais elle est généralement liée à une civilisation ancienne dotée de connaissances ésotériques.

Légendes et Pouvoirs

Les légendes entourant la pierre de Lamentation parlent souvent de ses pouvoirs mystiques. Elle serait capable de révéler les vérités cachées et de permettre à ceux qui la touchent de ressentir les émotions de ceux qui ont souffert dans le passé. Cette capacité à éveiller une profonde empathie et compréhension des peines humaines a valu à la pierre sa réputation de catalyseur de lamentations et de rédemption.

Dans certains récits, la pierre est également décrite comme un moyen de communication avec les esprits des ancêtres ou des entités divines, servant de pont entre le monde des vivants et l'au-delà. Pour cette raison, elle est parfois utilisée dans des rituels de guérison ou de purification.

Symbolisme de la Pierre

La pierre de lamentation symbolise souvent la dualité de la souffrance et de la sagesse. Elle rappelle que la douleur et le chagrin peuvent être des enseignants puissants, conduisant à une compréhension plus profonde de soi-même et des autres. Dans un sens plus large, elle représente le cycle éternel de la vie, de la mort et de la renaissance, et la capacité de l'humanité à surmonter l'adversité.

Histoires et Mythes

De nombreuses histoires entourent la pierre de Lamentation, chacune avec ses propres variations culturelles et régionales. Dans une légende, un roi déchu, accablé par le chagrin de la perte de son royaume, aurait trouvé la pierre et, en pleurant dessus, aurait reçu la sagesse nécessaire pour reconstruire sa vie et celle de son peuple.

Une autre histoire raconte qu'un groupe de pèlerins, cherchant à se purifier de leurs péchés, aurait médité autour de la pierre pendant quarante jours et quarante nuits, recevant des visions de leurs vies passées et futures, les menant à une transformation spirituelle profonde.

Influence Culturelle

Bien que moins connue que d'autres artefacts légendaires, la pierre de Lamentation a influencé diverses œuvres littéraires et artistiques, symbolisant le pouvoir de la catharsis et de la transformation personnelle. Elle apparaît dans des récits qui explorent les thèmes de la perte, de la rédemption et de la recherche de sens dans la souffrance.

La pierre de Lamentation reste un symbole puissant de l'expérience humaine, captivant ceux qui cherchent à comprendre la profondeur de l'émotion et la sagesse qui émerge de la douleur. Qu'elle soit vue comme un artefact mythique ou une métaphore, elle continue d'inspirer et de défier les limites de notre compréhension de la souffrance et de la rédemption. Son histoire nous invite à embrasser la complexité de nos émotions et à chercher la lumière dans les moments les plus sombres de notre existence.

14. Le Miroir de la Jeunesse

Le miroir de la jeunesse est un artefact fascinant entouré de mystères et de légendes anciennes. Souvent décrit dans les contes et le folklore, il symbolise le désir humain de retrouver la jeunesse perdue et de défier le passage inexorable du temps. Ce chapitre explore l'histoire, les mythes et les implications culturelles de ce miroir légendaire.

Origines et Description

Les origines du miroir de la jeunesse sont obscures, mais il est souvent associé à des civilisations anciennes dotées de connaissances ésotériques. Dans les récits, le miroir est généralement décrit comme un objet d'une beauté extraordinaire, souvent orné de gravures complexes et serti de pierres précieuses. Sa surface est supposée être si pure et claire qu'elle reflète non seulement l'apparence physique, mais aussi l'âme de celui qui s'y mire.

Légendes et Pouvoirs

Le miroir de la jeunesse est réputé pour son pouvoir de rajeunir ceux qui se regardent dedans. Selon la légende, lorsque quelqu'un contemple son reflet dans le miroir avec un cœur pur et un esprit ouvert, il peut voir son apparence rajeunie, et dans certains contes, cette vision devient réalité. Cependant, ce rajeunissement n'est souvent que temporaire, et le miroir exige un prix, parfois sous la forme d'une partie de l'essence vitale de l'utilisateur.

Certaines histoires racontent que le miroir ne fonctionne que pour ceux qui ont mené une vie vertueuse, tandis que d'autres suggèrent qu'il peut également révéler les véritables intentions et désirs cachés de l'utilisateur, exposant ainsi la vérité de leur caractère.

Symbolisme et Signification

Le miroir de la jeunesse symbolise le désir universel de défier le vieillissement et de retrouver la vitalité perdue. Il représente également la quête de la vérité intérieure et la confrontation avec sa propre image, à la fois littéralement et métaphoriquement. En tant que tel, le miroir est souvent vu comme une métaphore de l'introspection et de la découverte de soi.

Contes et Mythes

De nombreux contes folkloriques et mythes incluent des variations du miroir de la jeunesse. Dans une histoire célèbre, un prince vieillissant, désespéré de retrouver sa jeunesse pour conquérir un royaume rival, trouve le miroir dans une caverne cachée. En se regardant dedans, il devient brièvement jeune et vigoureux, mais découvre rapidement que la jeunesse physique ne peut remplacer la sagesse et l'expérience.

Dans une autre légende, une sorcière utilise le miroir pour maintenir son apparence juvénile, mais à chaque utilisation, elle perd un peu plus de son humanité, se transformant finalement en une créature de pure vanité.

Influence Culturelle

Le miroir de la jeunesse a inspiré de nombreuses œuvres littéraires, cinématographiques et artistiques. Il apparaît souvent dans des récits qui explorent les thèmes de la vanité, du temps et de la quête de l'immortalité. Ces histoires soulignent les dangers de l'obsession pour l'apparence et la jeunesse, et la valeur de l'acceptation de soi et de l'âge.

Le miroir de la jeunesse demeure un artefact mythique profondément ancré dans l'imaginaire collectif. Il incarne à la fois la fascination et la peur du vieillissement, tout en offrant une réflexion sur la quête de sens et de vérité dans notre vie. Qu'il soit considéré comme un objet de légende ou une métaphore puissante, il continue de captiver et d'intriguer ceux qui cherchent à comprendre les mystères du temps et de l'existence.

15. Le Masque de la Mort

Le miroir de la jeunesse est un artefact fascinant entouré de mystères et de légendes anciennes. Souvent décrit dans les contes et le folklore, il symbolise le désir humain de retrouver la jeunesse perdue et de défier le passage inexorable du temps. Ce chapitre explore l'histoire, les mythes et les implications culturelles de ce miroir légendaire.

Origines et Description

Les origines du miroir de la jeunesse sont obscures, mais il est souvent associé à des civilisations anciennes dotées de connaissances ésotériques. Dans les récits, le miroir est généralement décrit comme un objet d'une beauté extraordinaire, souvent orné de gravures complexes et serti de pierres précieuses. Sa surface est supposée être si pure et claire qu'elle reflète non seulement l'apparence physique, mais aussi l'âme de celui qui s'y mire.

Légendes et Pouvoirs

Le miroir de la jeunesse est réputé pour son pouvoir de rajeunir ceux qui se regardent dedans. Selon la légende, lorsque quelqu'un contemple son reflet dans le miroir avec un cœur pur et un esprit ouvert, il peut voir son apparence rajeunie, et dans certains contes, cette vision devient réalité. Cependant, ce rajeunissement n'est souvent que temporaire, et le miroir exige un prix, parfois sous la forme d'une partie de l'essence vitale de l'utilisateur.

Certaines histoires racontent que le miroir ne fonctionne que pour ceux qui ont mené une vie vertueuse, tandis que d'autres suggèrent qu'il peut également révéler les véritables intentions et désirs cachés de l'utilisateur, exposant ainsi la vérité de leur caractère.

Symbolisme et Signification

Le miroir de la jeunesse symbolise le désir universel de défier le vieillissement et de retrouver la vitalité perdue. Il représente également la quête de la vérité intérieure et la confrontation avec sa propre image, à la fois littéralement et métaphoriquement. En tant que tel, le miroir est souvent vu comme une métaphore de l'introspection et de la découverte de soi.

Contes et Mythes

De nombreux contes folkloriques et mythes incluent des variations du miroir de la jeunesse. Dans une histoire célèbre, un prince vieillissant, désespéré de retrouver sa jeunesse pour conquérir un royaume rival, trouve le miroir dans une caverne cachée. En se regardant dedans, il devient brièvement jeune et vigoureux, mais découvre rapidement que la jeunesse physique ne peut remplacer la sagesse et l'expérience.

Dans une autre légende, une sorcière utilise le miroir pour maintenir son apparence juvénile, mais à chaque utilisation, elle perd un peu plus de son humanité, se transformant finalement en une créature de pure vanité.

Influence Culturelle

Le miroir de la jeunesse a inspiré de nombreuses œuvres littéraires, cinématographiques et artistiques. Il apparaît souvent dans des récits qui explorent les thèmes de la vanité, du temps et de la quête de l'immortalité. Ces histoires soulignent les dangers de l'obsession pour l'apparence et la jeunesse, et la valeur de l'acceptation de soi et de l'âge.

Le miroir de la jeunesse demeure un artefact mythique profondément ancré dans l'imaginaire collectif. Il incarne à la fois la fascination et la peur du vieillissement, tout en offrant une réflexion sur la quête de sens et de vérité dans notre vie. Qu'il soit considéré comme un objet de légende ou une métaphore puissante, il continue de captiver et d'intriguer ceux qui cherchent à comprendre les mystères du temps et de l'existence.

16. La Pierre de Sang

La pierre de sang, également connue sous le nom d'hématite, est une gemme fascinante aux multiples significations et propriétés symboliques. Souvent associée à des légendes anciennes, à des croyances spirituelles et à des usages médicinaux, la pierre de sang est une pierre précieuse qui a captivé l'imagination humaine à travers les âges. Ce chapitre explore l'histoire, les significations et les légendes entourant la pierre de sang, ainsi que son impact culturel et spirituel.

Origines et Description

La pierre de sang est principalement composée d'hématite, un minéral de fer qui se présente sous forme de cristaux brillants et de teintes allant du noir au rouge profond. Son nom provient de sa couleur rougeâtre, qui rappelle le sang. Dans l'Antiquité, on croyait que la pierre de sang était formée par le sang des dieux ou des héros tombés au combat, ce qui lui conférait un caractère sacré et puissant.

Utilisée depuis des millénaires, la pierre de sang était prisée par de nombreuses civilisations, notamment les Égyptiens, les Grecs et les Romains. Elle était souvent sculptée en amulettes, en bijoux ou en objets rituels, et était considérée comme un symbole de force et de protection.

Symbolisme et Signification

La pierre de sang est chargée de symbolisme et est souvent associée à la vitalité, à la force physique et à la protection. Dans de nombreuses cultures, elle est considérée comme une pierre de guérison, capable de revitaliser l'énergie et d'équilibrer les émotions. On lui attribue des propriétés purificatrices et protectrices, aidant à éloigner les énergies négatives et à favoriser la clarté mentale.

Dans le domaine spirituel, la pierre de sang est souvent utilisée pour favoriser la méditation et la connexion avec son moi intérieur. Elle est réputée pour renforcer la confiance en soi et stimuler la créativité, tout en aidant à surmonter les peurs et les doutes. En tant que symbole de résilience, elle encourage les individus à faire face à leurs défis avec courage et détermination.

Légendes et Histoires

De nombreuses légendes entourent la pierre de sang, chacune mettant en lumière ses pouvoirs mystiques et son importance dans les rituels. Dans la mythologie grecque, on raconte que la pierre de sang était utilisée par les guerriers avant d'entrer au combat, car elle était censée leur conférer force et bravoure. Les Égyptiens, quant à eux, croyaient que la pierre avait des propriétés protectrices, la plaçant dans les tombeaux pour assurer la sécurité des défunts dans l'au-delà.

Une légende populaire raconte l'histoire d'un jeune guerrier qui, après avoir été mortellement blessé sur le champ de bataille, a vu son sang s'imbiber dans le sol. Là où le sang a touché la terre, des pierres de sang ont émergé, symbolisant son courage et son sacrifice. Ces pierres ont ensuite été utilisées pour honorer ceux qui sont tombés au combat, leur mémoire vivant à travers le temps.

Impact Culturel

La pierre de sang a eu un impact durable sur l'art, la bijouterie et la spiritualité. Elle apparaît dans de nombreuses œuvres d'art, où sa couleur et sa texture sont utilisées pour symboliser la vie, la mort et la résilience. Dans la bijouterie contemporaine, la pierre de sang est souvent intégrée dans des colliers, des bracelets et des bagues, appréciée pour ses propriétés esthétiques et symboliques.

Dans le domaine spirituel, la pierre de sang est couramment utilisée dans la lithothérapie, où elle est considérée comme un outil puissant pour favoriser la guérison et l'équilibre. De nombreux praticiens l'utilisent lors de séances de méditation ou de soin énergétique, croyant en ses capacités de purification et de protection.

La pierre de sang est bien plus qu'un simple minéral ; elle est le reflet de l'histoire humaine, des croyances et des luttes. Qu'elle soit perçue comme un symbole de force et de protection ou comme un outil de guérison spirituelle, elle continue d'inspirer et de fasciner ceux qui cherchent à comprendre ses mystères. En explorant les significations et les légendes qui l'entourent, nous découvrons un lien profond entre la nature, l'humanité et les défis de l'existence, nous rappelant que, même face à l'adversité, il existe toujours une force intérieure à cultiver et à célébrer.

17. Le Pendentif de la Malédiction

Le pendentif de la malédiction est un artefact mystérieux et captivant, souvent entouré de légendes sombres et de récits de destin tragique. Ce bijou, généralement orné de symboles anciens et de pierres précieuses, est réputé pour avoir des pouvoirs maléfiques, attirant à la fois convoitise et crainte. Ce chapitre explore l'histoire, les significations et les légendes entourant le pendentif de la malédiction, ainsi que son impact culturel à travers les âges.

Origines et Description

Le pendentif de la malédiction est souvent décrit comme un bijou ancien, fabriqué à partir de métaux précieux comme l'or ou l'argent, et incrusté de pierres semi-précieuses. Il peut être orné de motifs ésotériques, de runes ou de symboles associés à des forces occultes. Selon les légendes, ce pendentif aurait été créé dans un but spécifique, souvent lié à un acte de vengeance, un rituel de sorcellerie ou une promesse de pouvoir.

La plupart des récits s'accordent à dire que le pendentif a été fabriqué par un artisan ou un sorcier habile, qui cherchait à capturer une essence particulière ou à canaliser des énergies puissantes. Cependant, ce pouvoir a un prix, et ceux qui portent le pendentif sont souvent confrontés à des conséquences désastreuses.

Symbolisme et Signification

Le pendentif de la malédiction symbolise la dualité de la recherche de pouvoir et des dangers qui l'accompagnent. Il représente la tentation, le désir de contrôler le destin et la lutte contre des forces obscures. Dans de nombreuses cultures, ce type de bijou est perçu comme un avertissement contre l'avidité et la quête de pouvoir à tout prix.

D'un point de vue spirituel, le pendentif est également considéré comme un moyen de se connecter aux forces de l'univers, qu'elles soient bénéfiques ou nuisibles. En portant ce bijou, les individus peuvent être confrontés à leurs propres ténèbres, les poussant à réfléchir sur leurs choix et sur les conséquences de leurs actions.

Légendes et Histoires

De nombreuses légendes entourent le pendentif de la malédiction, chacune mettant en lumière ses pouvoirs mystiques et ses conséquences tragiques. Une histoire célèbre raconte celle d'une jeune femme qui, fascinée par la beauté d'un pendentif ancien, décide de l'acheter sans connaître son histoire. Peu après avoir commencé à le porter, elle se rend compte que des événements sinistres commencent à se produire autour d'elle : des accidents, des maladies et des malheurs s'abattent sur sa famille et ses amis.

Intriguée et terrifiée, elle découvre que le pendentif appartenait à une sorcière autrefois puissante, qui avait été condamnée à vivre dans l'obscurité. La jeune femme doit alors entreprendre un voyage pour briser la malédiction, cherchant des moyens de se libérer du pouvoir néfaste qui lui a été transmis.

Une autre légende évoque un roi qui, en quête de pouvoir, obtient le pendentif de la malédiction. Au début, il connaît une période de prospérité et de succès, mais rapidement, il devient tyrannique et cruel, perdant l'affection de son peuple. Finalement, les conséquences de ses actions le conduisent à sa perte, et le pendentif est oublié dans les ruines de son château, attendant le prochain imprudent qui osera le revendiquer.

Impact Culturel

Le pendentif de la malédiction a eu un impact considérable sur la littérature, le cinéma et l'art populaire. Il est souvent utilisé comme un motif narratif dans les histoires de mystère, d'horreur et de fantasy, incarnant les thèmes de la malédiction, du pouvoir et de la rédemption. Des films et des romans exploitent l'idée de la quête pour briser une malédiction, explorant les luttes intérieures des personnages confrontés à des choix moraux difficiles.

Dans l'art, le pendentif est souvent représenté comme un bijou intrigant, captivant l'attention par son esthétique tout en évoquant une aura de danger. Les artistes utilisent cette représentation pour illustrer des thèmes de passion, de perte et de fatalité.

Le pendentif de la malédiction est un symbole puissant de la lutte entre le bien et le mal, incarnant les dangers liés à la quête de pouvoir et aux conséquences de nos choix. Qu'il soit perçu comme un simple bijou ou comme un artefact chargé de mystère, il nous rappelle que chaque désir a son prix et que la recherche de pouvoir peut nous mener sur des chemins obscurs. En explorant les significations et les légendes qui entourent ce pendentif, nous découvrons un reflet des luttes humaines avec nos propres démons et la quête incessante de rédemption et de compréhension.

Les objets maudits, qu'il s'agisse d'instruments de musique, de bijoux, de livres ou d'autres arte-

facts, sont fréquemment chargés d'histoires sombres et de légendes troublantes. Ils rappellent que certains objets peuvent porter des énergies et des récits mystérieux qui transcendent le temps et l'espace. Ces récits alimentent la fascination pour le paranormal et les mystères, nous rappelant que notre monde est rempli de mystères et d'énigmes qui restent à explorer. Les histoires de ces objets maudits nous amènent à réfléchir sur la nature des croyances, des superstitions et des forces invisibles qui nous entourent.

Chapitre 6 : Demeures hantées

Depuis les temps anciens, les maisons hantées fascinent et terrifient ceux qui osent s'en approcher. Ces lieux, chargés d'histoires et de mystères, sont souvent le théâtre d'événements inexplicables, où le passé semble s'accrocher aux murs, imprégnant l'air d'une atmosphère pesante. Que ce soit une vieille demeure isolée au bout d'un chemin de terre, un manoir majestueux aux fenêtres brisées ou une simple maison de village aux volets clos, chaque bâtiment recèle des secrets, des tragédies et des âmes errantes.

Dans ce chapitre, nous plongerons dans l'univers énigmatique des maisons hantées, où la frontière entre le réel et l'invisible s'estompe. Nous explorerons les récits fascinants de ceux qui ont croisé la route de ces espaces chargés d'énergie, en quête de réponses aux mystères qui les entourent. Entre légendes et témoignages, nous découvrirons comment la peur de l'inconnu et l'attrait du fantastique se mêlent pour donner vie à ces histoires intemporelles.

Quand les ombres dansent et où les souvenirs du passé s'accrochent encore, comme des spectres cherchant à se libérer. Car dans chaque craquement de plancher, chaque souffle du vent, il y a une histoire à raconter, une âme à écouter, et peut-être même une vérité à révéler.

La Maison des Revenants à Rouen

Dans les rues pavées du vieux Rouen, entre les façades médiévales et les églises gothiques, se trouve une demeure qui, au fil des ans, a acquis une réputation aussi sombre que fascinante. Connue sous le nom de la Maison des Revenants, elle est un lieu où le passé refuse de disparaître, hantant les esprits et les rêves de ceux qui s'en approchent. Ses murs anciens murmurent des secrets oubliés, et ses fenêtres semblent observer silencieusement les passants.

La Maison des Revenants a été le théâtre d'une tragédie au XVIIe siècle lorsqu'un incendie dévastateur a emporté plusieurs vies, laissant derrière lui un sillage de douleur et de mystère. Les âmes des victimes, incapables de trouver le repos, seraient restées prisonnières des lieux, *transformant la maison en un sanctuaire d'ombres.*

Les récits des habitants parlent d'apparitions fantomatiques qui se manifestent à l'aube et au crépuscule. Des silhouettes éthérées traversent les pièces, leurs visages marqués par la souffrance et le désespoir. Les témoins décrivent une femme vêtue de blanc, souvent aperçue près des fenêtres, regardant tristement vers l'extérieur, comme si elle attendait quelqu'un qui ne reviendrait jamais.

Ces apparitions s'accompagnent souvent de phénomènes sonores : des pleurs étouffés, des murmures plaintifs, et le craquement sinistre des meubles anciens qui semblent résonner d'une vie propre. Les visiteurs rapportent une forte sensation de mélancolie, comme si le poids des siècles pesait sur leurs épaules.

Outre les apparitions, la maison est le théâtre de phénomènes inexplicables. Des chandelles s'allument et s'éteignent sans intervention humaine, et des objets déplacés mystérieusement réapparaissent à leur place d'origine. Les horloges, quant à elles, s'arrêtent souvent à l'heure fatidique de l'incendie, figées dans le temps comme un rappel du drame passé.

La température dans certaines pièces chute soudainement, laissant une sensation de froid glacial et de présence invisible. Ces manifestations, bien que troublantes, attirent les curieux et les passionnés de paranormal, désireux de percer les mystères de la maison.

Les légendes locales racontent que quiconque ose passer une nuit dans la Maison des Revenants pourrait être confronté à ses propres peurs et regrets, les murs semblant refléter les tourments intérieurs des visiteurs. Les anciens de Rouen, bien qu'hésitants à évoquer ces histoires, transmettent ces récits avec une pointe de respect et de crainte.

La Maison des Revenants à Rouen est un lieu où le tangible et l'intangible se rencontrent, créant une atmosphère à la fois captivante et oppressante. Pour ceux qui s'y aventurent, elle offre un voyage dans les profondeurs de l'histoire et de *l'au-delà, un rappel poignant que certaines âmes ne trouvent jamais le repos.*

La Maison du Pendu à Montgeron

À Montgeron, une paisible commune de l'Île-de-France, se trouve une maison qui défie le temps et trouble l'esprit. La Maison du Pendu, ainsi nommée par les habitants, est enveloppée de mystère et de légendes sombres. Derrière ses murs anciens et son apparente tranquillité, cette demeure cache des secrets qui ont traversé les siècles, laissant une empreinte indélébile sur tous ceux qui osent s'en approcher.

La légende de la Maison du Pendu remonte au XVIIIe siècle, lorsque l'on raconte qu'un homme y fut pendu pour un crime qu'il n'avait pas commis. Accusé à tort de trahison, il aurait été exécuté dans le jardin même de la maison, jurant de revenir hanter ses bourreaux et de protéger sa demeure de toute intrusion. Cette injustice tragique aurait marqué à jamais l'histoire de la maison, attirant des phénomènes inexplicables et des apparitions spectrales.

De nombreux témoignages rapportent avoir vu l'apparition de l'homme pendu, errant dans le jardin ou regardant par les fenêtres avec une expression de tristesse et de défi. Son spectre, souvent aperçu les nuits de pleine lune, semble revivre les derniers instants de sa vie, une corde invisible entourant son cou.

La maison est également le théâtre de phénomènes inexplicables qui ne cessent de troubler ses visiteurs. Les portes s'ouvrent et se ferment bruyamment sans que personne ne les touche, et des bruits de pas résonnent dans les couloirs déserts. Les miroirs reflètent parfois des scènes d'un autre temps, comme si le passé refusait de se laisser oublier.

Des voix désincarnées murmurent dans les murs, racontant des histoires de trahison et de vengeance. Les témoins parlent de cris étouffés et de pleurs qui semblent émaner des fondations mêmes de la maison. Ces échos du passé créent une atmosphère oppressante, où chaque ombre semble receler un secret, et chaque silence, une révélation.

Les habitants de Montgeron, bien que réticents à s'approcher de la maison, partagent des histoires et des anecdotes empreintes de mystère. Selon eux, la maison serait protégée par l'esprit de l'homme pendu, et quiconque tente de percer ses secrets en subit les conséquences. Ces récits, bien que parfois exagérés, sont racontés avec une telle conviction qu'ils laissent une impression durable sur ceux qui les écoutent.

La Maison du Pendu est bien plus qu'une simple habitation ; c'est un lieu où le passé et le présent se rejoignent, tissant une toile complexe de mystères et de légendes. Pour ceux qui osent s'en approcher, elle offre une expérience inoubliable, un voyage dans un monde où les frontières entre le réel et le surnaturel s'estompent. Les échos sinistres de cette maison rappellent que certaines histoires sont ancrées dans le tissu même du temps, défiant notre compréhension et nourrissant notre imagination.

Le Prieuré de Combloux en Haute-Savoie

Dans la majestueuse région de la Haute-Savoie, où les montagnes dominent l'horizon et les forêts chuchotent des récits anciens, se trouve le Prieuré de Combloux, un lieu empreint de mystère et de spiritualité. Perché sur une colline surplombant le village, ce prieuré médiéval est un sanctuaire d'histoire et de légendes, où le temps semble s'être arrêté, laissant place à une atmosphère sacrée et énigmatique.

Fondé au XIIe siècle, le Prieuré de Combloux a été un centre spirituel et culturel durant des siècles. Abritant autrefois une communauté de moines dévoués, il fut témoin de nombreuses histoires de foi, de dévotion, mais aussi de drames et de mystères. Les archives racontent que le prieuré servait de refuge pendant les périodes de guerre, ses murs épais protégeant ses secrets de l'agitation extérieure.

Les visiteurs du prieuré rapportent souvent des apparitions de moines en robe de bure, marchant silencieusement dans les cloîtres ou priant dans la chapelle, leurs silhouettes éthérées illuminées par une lumière douce et surnaturelle. Ces moines spectres semblent veiller sur le prieuré, comme s'ils continuaient leur mission de protection et de prière à travers les âges.

Des témoins parlent aussi d'une femme vêtue de blanc, souvent aperçue dans le jardin du prieuré, son visage empreint de paix et de sérénité. Elle serait, selon la légende, une bienfaitrice du prieuré, revenue pour veiller sur ce lieu qu'elle aimait tant.

Le prieuré est également connu pour ses phénomènes mystiques et inexpliqués. Les cloches de la chapelle résonnent parfois sans intervention humaine, émettant une musique céleste qui emplit l'air de vibrations spirituelles. Des chants grégoriens, doux et lointains, semblent s'élever des murs de pierre, comme un écho des temps anciens.

Les visiteurs rapportent des sensations de paix profonde et de présence sacrée lorsqu'ils pénètrent dans le prieuré. Les bougies s'allument parfois seules, leur flamme vacillante doucement, comme pour accueillir les âmes errantes en quête de lumière.

Les habitants de Combloux racontent des histoires de miracles et d'apparitions mariales, qui auraient eu lieu dans le prieuré et ses environs. Selon la tradition orale, l'eau d'un puits situé sur le terrain du prieuré aurait des vertus curatives, attirant pèlerins et curieux depuis des siècles. Ces récits, transmis de génération en génération, confèrent au prieuré une aura de lieu sacré, où le divin se manifeste parfois de manière inattendue.

Le Prieuré de Combloux est un lieu où l'histoire et le sacré se rencontrent, créant une atmosphère unique de mystère et de sérénité. Pour ceux qui s'y aventurent, il offre une expérience inoubliable, un voyage dans un monde où le spirituel et le tangible s'entrelacent harmonieusement. Les mystères sacrés de Combloux rappellent que certaines histoires transcendent le temps, imprégnant les lieux de leur présence bienveillante et éternelle.

La Maison des Sorcières à Esquelbecq

Niché dans le paysage verdoyant du Nord de la France, le petit village d'Esquelbecq cache un secret aussi ancien que fascinant. La Maison des Sorcières, une demeure discrète mais chargée d'histoire, est enveloppée d'une aura mystique qui a captivé l'imagination des habitants et visiteurs depuis des siècles. Cette maison, bien qu'ordinaire en apparence, est le berceau de légendes de sorcellerie et de mystères qui continuent de hanter les esprits.

La Maison des Sorcières remonte au XVIIe siècle, une époque où la chasse aux sorcières faisait rage en Europe. Selon la légende, elle aurait appartenu à une femme accusée de sorcellerie, qui aurait pratiqué des rituels anciens et des enchantements dans le secret de ses murs. Bien qu'elle ait été condamnée et exécutée, on raconte que son esprit et ses connaissances ésotériques imprègnent toujours la maison, protégeant ses secrets des intrus.

Les histoires d'apparitions spectrales abondent autour de la Maison des Sorcières. Les témoins rapportent avoir vu une femme vêtue de noir, se déplaçant silencieusement dans les pièces, son visage dissimulé par une capuche. D'autres évoquent des lumières étranges flottant autour de la maison à la tombée de la nuit, comme guidées par une force invisible.

Les visiteurs parlent aussi de phénomènes inexplicables. Des bruits de pas résonnent dans les couloirs déserts, et des murmures semblent émaner des murs eux-mêmes. Parfois, des objets disparaissent pour réapparaître à des endroits inattendus, et des marques mystérieuses apparaissent sur les meubles et les murs, comme des symboles d'un langage oublié.

La légende veut que la maison abrite encore les traces des rituels anciens pratiqués par sa propriétaire. Certains prétendent avoir découvert des cercles de pierres et des autels cachés dans les sous-sols, utilisés pour des cérémonies secrètes. Des grimoires poussiéreux et des talismans auraient été retrouvés, renforçant l'idée que la maison était un centre de pouvoirs occultes.

Des histoires circulent sur la puissance des sortilèges lancés depuis cette demeure. On raconte que ceux qui cherchent à nuire à la maison ou à découvrir ses secrets sans permission subissent une série de malheurs inexplicables, comme si une force invisible veillait à protéger les lieux.

Les anciens d'Esquelbecq parlent avec prudence et respect de la Maison des Sorcières. Ils transmettent des histoires de rencontres étranges et de nuits où les cris et les chants résonnaient depuis la maison. Bien que certains soient sceptiques, les récits sont racontés avec une telle conviction qu'ils laissent une impression indélébile sur ceux qui les écoutent.

La Maison des Sorcières à Esquelbecq est bien plus qu'une simple habitation ; c'est un lieu où l'histoire et le mystique se rencontrent, créant une atmosphère à la fois envoûtante et inquiétante. Pour ceux qui osent s'y aventurer, elle offre une expérience inoubliable, un voyage dans un monde où les frontières entre le réel et le surnaturel s'estompent.

Le Château de Puymartin

Non loin de la pittoresque ville de Sarlat, au cœur du Périgord Noir, se dresse le majestueux Château de Puymartin. Avec ses tours élancées et ses murs de pierre chargés d'histoire, ce château médiéval est bien plus qu'une simple forteresse. C'est un lieu où les secrets du passé semblent se mêler à l'atmosphère présente, créant une aura de mystère et d'émerveillement. Réputé pour ses légendes et ses apparitions spectrales, Puymartin est un témoignage vivant des intrigues et des passions d'antan.

Érigé au XIIIe siècle, le Château de Puymartin a traversé les âges, témoin des guerres et des rivalités féodales. Sa position stratégique en a fait un enjeu de pouvoir à travers les siècles, mais c'est une tragédie personnelle qui a marqué à jamais l'histoire du château. La légende raconte qu'une dame noble, Thérèse de Saint-Clar, fut emprisonnée par son époux jaloux dans une des tours du château, où elle passa des années jusqu'à sa mort. Son esprit, dit-on, hante toujours les lieux.

La plus célèbre des apparitions du château est celle de la Dame Blanche, supposément l'esprit de Thérèse de Saint-Clar. De nombreux visiteurs ont rapporté l'avoir vue errer dans les couloirs sombres du château, son visage exprimant une tristesse éternelle. Parfois, elle est aperçue regardant par une fenêtre, semblant attendre un retour qui n'arrivera jamais. Son apparition est souvent accompagnée d'une brume légère et d'un parfum de roses fanées, ajoutant une dimension émotive à sa présence spectrale.

Outre la Dame Blanche, le château est le théâtre de nombreux phénomènes inexpliqués. Les portes claquent sans raison apparente, et des pas résonnent dans les escaliers en pleine nuit. Les miroirs, lorsqu'on s'y regarde, semblent parfois refléter des scènes d'un autre temps, des *fragments d'histoires oubliées. Les chandeliers s'allument et s'éteignent d'eux-mêmes, comme animés par une volonté invisible.*

Des objets déplacés sont souvent retrouvés dans des endroits improbables, et les visiteurs rapportent des sensations de froid intense lorsqu'ils traversent certaines pièces. Ces manifestations, bien que mystérieuses, sont perçues comme des éléments intégrants de l'expérience fascinante que propose le château.

Les habitants de la région, tout comme les visiteurs, partagent des histoires et des anecdotes empreintes de mystère. Les anciens parlent de nuits où les cris d'une femme résonnaient depuis la tour, et de silhouettes étranges aperçues dans le parc environnant. Les guides du château, quant à eux, racontent leurs propres rencontres avec l'inexplicable, ajoutant une touche personnelle à chaque visite guidée.

Le Château de Puymartin est un lieu où l'histoire et le surnaturel cohabitent harmonieusement, créant une atmosphère unique et envoûtante. Pour ceux qui osent s'y aventurer, il offre une expérience inoubliable, un voyage dans le temps où les pierres murmurent les secrets des siècles passés. Les secrets envoûtants de Puymartin rappellent que les histoires et les esprits du passé continuent de vivre, imprégnant les murs de leur présence mystérieuse.

Le Manoir de l'Étrange à Saint-Priest-la-Feuille

Dans le calme bucolique de la Creuse, se dresse le Manoir de l'Étrange, une demeure ancienne dont l'aura mystérieuse et les histoires fascinantes ne cessent d'attirer l'attention des aventuriers et des passionnés de paranormal. Entouré de forêts épaisses et de champs silencieux, le manoir semble vivre hors du temps, enveloppé de légendes qui suscitent à la fois la curiosité et l'appréhension.

Construit au début du XVIIe siècle, le Manoir de l'Étrange a été le témoin de nombreuses histoires, certaines glorieuses, d'autres tragiques. Jadis propriété d'une famille noble, le manoir a traversé les siècles, abritant des secrets bien gardés et des événements inexplicables. La légende raconte qu'un alchimiste y aurait résidé, menant des expériences mystérieuses qui auraient ouvert des portes vers d'autres mondes.

Les récits d'apparitions sont nombreux et variés. Les visiteurs parlent souvent de la silhouette d'un homme en cape, aperçu dans les couloirs sombres du manoir, comme errant à la recherche d'une formule perdue. D'autres évoquent une femme en robe de velours, une lueur de tristesse dans le regard, qui semble flotter au-dessus du sol, émettant un léger parfum de lavande.

Ces apparitions s'accompagnent souvent de phénomènes sonores troublants : des murmures indistincts, des soupirs prolongés, et le son lointain d'un clavecin jouant une mélodie oubliée. Ces manifestations créent une atmosphère à la fois inquiétante et fascinante, plongeant les visiteurs dans l'ambiance mystique du manoir.

Le manoir est également le théâtre de phénomènes inexpliqués qui défient la logique. Les chandeliers se balancent sans raison apparente, projetant des ombres dansantes sur les murs de pierre. Les horloges s'arrêtent à minuit, figées dans un temps suspendu, tandis que des livres anciens tombent soudainement des étagères, comme poussés par une main invisible.

Les équipements électroniques sont souvent perturbés lors des visites, les batteries se vidant inexplicablement, et les enregistrements capturant des sons étranges et des voix désincarnées. Ces phénomènes, bien que troublants, sont perçus comme des tentatives des esprits de communiquer avec le monde des vivants.

Les habitants de Saint-Priest-la-Feuille, bien que réticents à s'approcher du manoir à la nuit tombée, racontent des histoires transmises de génération en génération. Selon eux, le manoir serait protégé par une force mystérieuse, et quiconque tente de percer ses secrets sans respect ni précaution pourrait en subir les conséquences. Ces récits, empreints de mystère, ajoutent une couche supplémentaire de fascination à ce lieu déjà énigmatique.

Le Manoir de l'Étrange est bien plus qu'une simple demeure historique ; c'est un carrefour entre le passé et le surnaturel, où les mystères s'entrelacent avec la réalité. Pour ceux qui osent s'y aventurer, il offre une expérience inoubliable, un voyage dans un monde où le temps semble s'être arrêté. Les mystères envoûtants du manoir rappellent que certaines histoires sont vivantes, flottant dans l'air comme des échos éternels.

La Maison du Diable à Clisson

Dans la charmante commune de Clisson, connue pour son architecture italienne et ses paysages bucoliques, se cache une demeure singulière, enveloppée de mystères et de légendes sombres. La Maison du Diable, ainsi nommée par les habitants, suscite à la fois curiosité et appréhension. Derrière ses murs anciens, des histoires de sorcellerie, de rituels occultes et de manifestations paranormales ont forgé sa sinistre réputation.

Construite au XVIIIe siècle, la Maison du Diable aurait été le théâtre de pratiques occultes menées par un groupe énigmatique. On raconte que des rituels y étaient pratiqués lors des nuits de pleine lune, attirant des forces obscures entre ses murs. Ces cérémonies, destinées à invoquer des entités d'un autre monde, auraient laissé une empreinte indélébile sur la maison et ses environs.

Les légendes locales parlent de silhouettes sombres et d'ombres mouvantes qui hantent la maison. Des témoins ont rapporté avoir vu des figures encapuchonnées apparaître aux fenêtres, observant silencieusement les passants. D'autres racontent avoir aperçu un homme mystérieux, vêtu de noir, se tenant dans les jardins, disparaissant dès qu'on tente de l'approcher.

Ces apparitions s'accompagnent souvent de phénomènes sonores inquiétants : des murmures indistincts, des rires inquiétants, et des cris étouffés qui semblent émaner des murs eux-mêmes. Les habitants du quartier évitent de s'approcher de la maison à la tombée de la nuit, craignant d'attirer l'attention des esprits qui y résident.

La Maison du Diable est également connue pour ses phénomènes inexpliqués, qui défient la logique et la raison. Des objets se déplacent mystérieusement d'une pièce à l'autre, et des bougies s'allument et s'éteignent sans intervention humaine. Les miroirs, lorsqu'on s'y regarde, reflètent parfois des images troublantes, comme si une autre dimension se révélait brièvement.

Les équipements électroniques sont souvent perturbés, et les appareils photo capturent des anomalies visuelles : orbes lumineuses, silhouettes floues, et éclats de lumière inexplicables. Ces phénomènes renforcent l'idée que la maison est le point de convergence de forces surnaturelles puissantes.

Les anciens de Clisson, bien que réticents à évoquer les mystères de la maison, transmettent des histoires de malédictions et de sortilèges. Selon eux, quiconque ose défier les esprits de la maison se voit confronté à une série de malheurs inexpliqués. Ces récits, bien que parfois exagérés, sont racontés avec une telle conviction qu'ils laissent une impression durable sur ceux qui les écoutent.

La Maison du Diable à Clisson est un lieu où l'histoire et le surnaturel s'entremêlent, créant une aura de mystère et de fascination. Pour ceux qui osent s'aventurer à proximité, elle offre une expérience inoubliable, un voyage au cœur des ténèbres et des légendes locales. Les ombres envoûtantes qui hantent la maison rappellent que certaines histoires sont ancrées dans le tissu même du temps, défiant notre compréhension et nourrissant notre imagination.

Le Château de Fougeret

Perché sur une colline boisée de la Vienne, le Château de Fougeret se dresse majestueusement, entouré d'une aura de mystère et de légendes. Ce château du XIVe siècle, avec ses tours imposantes et ses murs épais, est bien plus qu'une simple bâtisse historique. Il est le théâtre de phénomènes surnaturels qui attirent les curieux et les passionnés de paranormal du monde entier. Le Château de Fougeret est un lieu où l'histoire et l'au-delà se rencontrent, tissant une toile complexe de récits effrayants et fascinants.

Le Château de Fougeret a traversé les siècles, témoin silencieux des guerres, des intrigues politiques et des histoires d'amour tragiques. Abandonné pendant un temps, il a été redécouvert par ses propriétaires actuels, qui ont rapidement réalisé que cette demeure était habitée par des présences invisibles. Les archives révèlent des histoires de chevaliers, de nobles et de serviteurs qui ont vécu et parfois péri entre ses murs, laissant derrière eux des empreintes invisibles mais palpables.

Les apparitions spectrales au Château de Fougeret sont légendaires. Les visiteurs rapportent avoir vu des figures en costume d'époque se déplacer dans les couloirs, certaines semblant vaquer à leurs occupations quotidiennes, d'autres s'arrêtant pour fixer les intrus d'un regard intense. Une dame blanche, élégante et mystérieuse, est souvent aperçue en train de descendre l'escalier principal, disparaissant avant d'atteindre le dernier palier.

Les apparitions ne sont pas les seules manifestations. Des voix désincarnées murmurent parfois dans l'obscurité, des rires d'enfants résonnent dans les chambres vides, et des portes se ferment lentement avec un grincement sinistre, comme mues par une main invisible.

Le château est également connu pour ses phénomènes inexpliqués. Les flammes des bougies vacillent sans raison apparente, projetant des ombres dansantes sur les murs de pierre. Des objets se déplacent seuls, et des courants d'air glacés traversent soudainement les pièces, laissant une sensation de frisson sur la peau.

Les équipements électroniques sont souvent perturbés, les batteries se déchargeant inexplicablement, et les enregistrements capturant des EVP (Electronic Voice Phenomena) qui semblent répondre aux questions posées par les enquêteurs. Ces phénomènes intriguent et effraient à la fois, ajoutant une couche supplémentaire de mystère à l'atmosphère déjà chargée du château.

De nombreux médiums et enquêteurs paranormaux ont tenté de percer les mystères de Fougeret. Leurs témoignages sont unanimes : une énergie puissante et ancienne imprègne les lieux. Certains ont même affirmé avoir été touchés ou poussés par des forces invisibles, tandis que d'autres ont ressenti une présence bienveillante, presque protectrice.

Les propriétaires actuels, fascinés par ces manifestations, organisent régulièrement des visites nocturnes et des enquêtes, offrant aux visiteurs l'occasion unique de vivre l'expérience en personne. Ces événements sont souvent ponctués de découvertes surprenantes, renforçant la réputation du château comme l'un des lieux les plus hantés de France.

Le Château de Fougeret est un lieu où le passé et le présent se rejoignent, enveloppé de mystères et de récits surnaturels. Pour ceux qui osent y pénétrer, il offre une expérience inoubliable, un voyage aux frontières du réel et de l'imaginaire. Les énigmes spectrales de Fougeret continuent de captiver et de fasciner, un rappel puissant que certaines histoires ne se terminent jamais vraiment.

Le Manoir de la Fée à Tiffauges

Perché sur une colline surplombant les vallées verdoyantes de Tiffauges, le Manoir de la Fée se dresse, enveloppé d'une atmosphère à la fois envoûtante et inquiétante. Ce manoir, moins connu que le célèbre château de Tiffauges associé à Gilles de Rais, n'en est pas moins captivant. Il est le théâtre de légendes séculaires où le féerique et le sinistre s'entrelacent, créant un lieu de mystères et de magie noire.

Construit au début du XVe siècle, le Manoir de la Fée a toujours été entouré de mystères. Selon la légende locale, une fée aurait élu domicile dans ses murs, veillant sur le manoir et ses habitants. Cette fée, bienveillante mais farouchement protectrice, aurait insufflé au manoir une aura magique, attirant à la fois la lumière et les ténèbres.

De nombreux récits parlent d'apparitions féeriques autour du manoir. Des témoins affirment avoir vu une silhouette lumineuse flotter entre les arbres à la tombée de la nuit, laissant derrière elle une traînée de poussière d'or. D'autres parlent de chants mélodieux émanant de la forêt voisine, comme un écho d'un autre monde.

Pourtant, ces manifestations ne sont pas toujours bénéfiques. Les nuits de pleine lune, des ombres menaçantes prennent vie dans les couloirs du manoir, et des murmures inquiétants se mêlent aux chants féeriques, créant une tension palpable entre deux mondes en collision.

Le manoir est également le théâtre de phénomènes inexplicables. Les horloges s'arrêtent mystérieusement à minuit, les miroirs reflètent des scènes d'un passé révolu, et des livres s'ouvrent seuls, révélant des pages écrites dans une langue oubliée. Ces événements, bien que troublants, fascinent ceux qui cherchent à comprendre les secrets cachés dans les murs du manoir.

Les objets précieux disparaissent parfois pour réapparaître dans des endroits inattendus, comme si une main invisible s'amusait à jouer avec les visiteurs. Ces incidents, bien que bénins, laissent une impression durable, rappelant aux invités qu'ils ne sont jamais seuls.

Les anciens de Tiffauges, gardiens des légendes locales, racontent que le manoir a été le théâtre de rituels anciens destinés à honorer la fée et à maintenir l'équilibre entre le bien et le mal. Ils transmettent avec soin les histoires de ceux qui ont tenté de défier cette entité magique, souvent avec des conséquences désastreuses.

Le Manoir de la Fée à Tiffauges est un lieu de contradictions envoûtantes, où le merveilleux côtoie l'effrayant. Pour ceux qui osent s'y aventurer, il offre une expérience inoubliable, un voyage au cœur des légendes et des mystères qui continuent de hanter la région. Les enchantements sombres qui entourent le manoir rappellent que la magie et le mystère sont toujours présents, défiant notre compréhension et nourrissant notre imagination.

La Maison des Âmes

Nichée dans les ruelles sinueuses du Vieux Lyon, la Maison des Âmes est une bâtisse ancienne, empreinte de mystères et de légendes urbaines. Ses murs de pierre et ses fenêtres gothiques racontent une histoire séculaire, où le surnaturel et le quotidien se mêlent de manière envoûtante. Connue pour ses phénomènes inexpliqués, la Maison des Âmes est un lieu qui captive l'imagination et éveille la curiosité de ceux qui s'aventurent à en franchir le seuil.

Construite au XVIe siècle, la Maison des Âmes a servi de refuge à de nombreux personnages au fil des siècles : marchands, révolutionnaires, et même alchimistes en quête de savoir interdit. Cependant, c'est au XVIIe siècle qu'un drame terrible s'est joué entre ses murs : un incendie ravageur a emporté plusieurs vies, piégeant les âmes des victimes dans un entre-deux mystérieux. Depuis, la maison est réputée pour être le théâtre de manifestations spectrales.

Les visiteurs et les habitants parlent souvent de silhouettes évanescentes qui apparaissent aux fenêtres, leurs visages empreints de tristesse et de désespoir. Ces âmes, prisonnières du passé, semblent chercher à communiquer avec les vivants, répétant inlassablement les gestes de leur dernière nuit. Les plus sensibles ressentent une présence invisible, comme un souffle léger ou une main fantomatique effleurant leur peau.

La Maison des Âmes est célèbre pour ses phénomènes paranormaux. Les murs semblent murmurer des prières oubliées et des chants lugubres lorsque le vent s'engouffre dans les couloirs. Des objets se déplacent inexplicablement et des chandelles s'allument seules, projetant des ombres dansantes sur les murs. Les escaliers craquent sous des pas invisibles, et des rires d'enfants éthérés résonnent parfois dans les pièces vides.

De nombreux visiteurs ont tenté de percer le mystère de la Maison des Âmes. Les médiums et les enquêteurs du paranormal sont unanimes : l'énergie qui émane de cette maison est à la fois puissante et troublante. Des enregistrements ont capturé des voix désincarnées, suppliant de l'aide ou racontant des bribes de leur vie passée. Les expériences vécues ici laissent souvent une impression durable, un mélange de fascination et de respect pour les secrets que recèle la maison.

Les habitants du quartier, bien que parfois réticents à parler, reconnaissent l'importance de préserver la mémoire de ces âmes errantes. Les légendes locales sont transmises de génération en génération, enrichissant le patrimoine culturel de Lyon. On raconte que respecter les esprits de la maison est essentiel pour maintenir l'équilibre entre les mondes.

La Maison des Âmes est bien plus qu'une simple bâtisse ancienne ; elle est une porte vers un passé révolu, un lien entre les vivants et les morts. Pour ceux qui osent s'y aventurer, elle offre une expérience inoubliable, un voyage à travers le temps et les mystères de l'au-delà. Les chuchotements éternels qui résonnent dans ses murs rappellent à tous les visiteurs que l'histoire n'est jamais vraiment terminée, et que chaque âme a une histoire à raconter.

La Maison de l'Éclusier

À Villeneuve-les-Corbières, un village pittoresque niché au cœur du pays cathare, se trouve une maison discrète mais chargée d'histoires mystérieuses. Connue sous le nom de la Maison de l'Éclusier, elle est située près d'une ancienne écluse, là où les eaux de la rivière se rejoignent dans un murmure incessant. Bien que paisible en apparence, cette maison est le théâtre de phénomènes inexplicables et de légendes qui hantent les esprits des habitants.

La légende raconte que la maison appartenait autrefois à un éclusier dévoué, dont la vie fut tragiquement interrompue lors d'une nuit de tempête. Pris dans les flots déchaînés alors qu'il s'efforçait de sauver l'écluse, son corps ne fut jamais retrouvé. Depuis ce jour fatidique, on dit que son esprit erre sans repos, veillant sur l'écluse et la maison qu'il aimait tant.

Les récits d'apparitions sont nombreux et variés. Des témoins affirment avoir vu la silhouette fantomatique de l'éclusier, souvent au crépuscule, se tenant silencieusement près de l'écluse, les yeux fixés sur l'eau. Parfois, il est aperçu à l'intérieur de la maison, assis dans un vieux fauteuil près de la cheminée, comme s'il méditait sur des souvenirs oubliés.

Ces apparitions s'accompagnent souvent de bruits étranges : le cliquetis de chaînes invisibles, le grincement de vieilles portes, et des pas lourds résonnant dans les couloirs vides. Un parfum d'eau stagnante et de terre humide flotte alors dans l'air, rappelant la tragédie passée.

Les habitants et les visiteurs parlent de phénomènes inexplicables qui se produisent régulièrement dans la maison. Les fenêtres s'ouvrent et se ferment d'elles-mêmes, même par temps calme, et des objets disparaissent pour réapparaître ailleurs. Des éclats de voix, parfois plaintifs, parfois rassurants, résonnent la nuit, comme si l'éclusier tentait de communiquer avec les vivants.

Certains ont aussi rapporté des sensations étranges, comme un souffle froid sur la nuque ou une main invisible qui semble effleurer le bras. Ces expériences, bien que troublantes, semblent empreintes d'une certaine bienveillance, comme si l'éclusier cherchait à protéger la maison et ses occupants.

Les anciens du village, gardiens des souvenirs et des histoires, racontent que l'éclusier était un homme bon, aimé de tous. Ils transmettent avec respect l'histoire de sa vie et de sa mort, insistant sur l'importance de respecter sa mémoire et l'écluse qu'il a défendue jusqu'à son dernier souffle.

La Maison de l'Éclusier est un lieu où le passé et le présent se rencontrent, créant une atmosphère à la fois mystérieuse et poignante. Pour ceux qui s'y aventurent, elle offre un aperçu fascinant des légendes locales et des secrets cachés dans les méandres du temps. Les récits de hantise, loin d'effrayer, enrichissent l'histoire de Villeneuve-les-Corbières, renforçant le lien entre les générations et les esprits qui peuplent cette terre.

La Maison de l'Ankou

Au cœur de la Bretagne, dans la petite commune de Plougrescant, se dresse une maison ancienne, à l'ombre des landes sauvages et des côtes escarpées. Connue sous le nom de la Maison de l'Ankou, elle est enveloppée de mystère et de légendes effrayantes. L'Ankou, figure mythologique bretonne, est le serviteur de la mort, et sa silhouette sinistre plane sur cette demeure depuis des siècles, alimentant les récits de hantise qui terrifient les habitants.

La Maison de l'Ankou aurait été construite au XVIIe siècle par une famille bretonne qui, selon la légende, aurait passé un pacte avec l'Ankou pour éviter la peste qui ravageait alors la région. En échange de leur protection, la famille aurait promis de servir l'Ankou, mais la rupture de ce pacte aurait condamné la maison à être perpétuellement hantée.

Les récits les plus glaçants parlent de l'apparition de l'Ankou lui-même, décrit comme un homme squelettique, vêtu de noir, portant une faux. On dit qu'il erre dans les couloirs de la maison, ses pas résonnant sinistrement dans le silence de la nuit. Les témoins rapportent l'avoir vu se tenir à l'embrasure des portes, veillant silencieusement sur les âmes des habitants.

Ses apparitions sont souvent accompagnées d'un souffle glacial, et d'une odeur de terre fraîchement remuée, comme un rappel de la tombe. Ceux qui ont croisé son regard affirment avoir ressenti une peur profonde, une certitude de l'inévitable fin qui les attend.

Outre l'Ankou, la maison est le théâtre de divers phénomènes paranormaux. Les habitants de Plougrescant parlent de bruits inexpliqués : des chaînes traînant sur le sol, des chuchotements indistincts, et des cris lointains qui semblent venir d'un autre monde. Des objets se déplacent d'eux-mêmes, et des portes claquent avec violence, même par temps calme.

Les visiteurs font souvent état d'une sensation oppressante, comme si un poids invisible pesait sur leurs épaules. Certains ont même rapporté avoir vu des ombres furtives glissant le long des murs, disparaissant avant qu'on puisse les identifier.

Les anciens du village jouent un rôle crucial dans la transmission des légendes entourant la maison. Ils racontent aux plus jeunes les histoires de ceux qui ont tenté de défier l'Ankou, souvent avec des conséquences tragiques. Ces récits servent d'avertissement : on ne doit jamais manquer de respect à l'Ankou, ni chercher à percer ses mystères.

La Maison de l'Ankou, avec ses légendes et ses manifestations terrifiantes, est bien plus qu'un simple lieu hanté. Elle est un lien vivant avec les croyances ancestrales de la Bretagne, où le surnaturel et le quotidien s'entremêlent. Ceux qui osent la visiter repartent avec des histoires qui *glacent le sang*, et un respect renouvelé pour les mystères de la vie et de la mort.

La Maison Sanglante

Dans le quartier historique du Marais, à Paris, se trouve une demeure qui, de prime abord, semble anodine parmi les bâtiments séculaires qui l'entourent. Pourtant, cette maison, discrète et élégante, est le théâtre de l'un des récits les plus sombres et intrigants de la capitale française. Connue sous le nom de la "Maison Sanglante", elle est enveloppée d'une aura de mystère, attirant les amateurs de paranormal et les curieux en quête d'émotions fortes.

La Maison Sanglante tire son nom d'un événement tragique survenu au XVIIIe siècle. Selon les archives, elle fut le théâtre d'une série de meurtres atroces, perpétrés par un alchimiste obsédé par la quête de l'immortalité. Ses expériences macabres auraient coûté la vie à plusieurs victimes innocentes, dont les cris résonneraient encore dans les murs de la maison, imprégnant chaque pierre de leur désespoir.

Les histoires de phénomènes surnaturels ont transformé la Maison Sanglante en un lieu de fascination morbide. Les locataires et les visiteurs ont souvent rapporté des incidents inexplicables : des murs suintant de liquide rougeâtre, évoquant du sang, des cris terrifiants résonnant dans la nuit, et des ombres menaçantes apparaissant soudainement dans les miroirs.

Certains témoignages parlent également d'une présence glaciale, comme si un souffle mortel traversait les pièces, laissant derrière lui une sensation de terreur et de malaise. Ces manifestations, bien que troublantes, n'ont jamais pu être scientifiquement expliquées, ajoutant une couche supplémentaire de mystère à la réputation de la maison.

Au fil des ans, la Maison Sanglante a attiré l'attention de nombreux enquêteurs paranormaux, déterminés à percer ses secrets. Des séances de spiritisme ont été organisées dans l'espoir de communiquer avec les âmes tourmentées qui hanteraient les lieux. Les résultats ont souvent été déroutants : des voix désincarnées capturées sur bande, des fluctuations inexpliquées d'énergie, et des objets se déplaçant sans intervention humaine.

Ces enquêtes, bien qu'inconclusives, ont renforcé la légende de la maison, faisant de ce lieu un sujet d'étude et de fascination pour les chercheurs du surnaturel.

Certaines légendes urbaines prétendent que quiconque ose pénétrer dans la Maison Sanglante sans respecter les esprits qui y résident court un grand danger. Des rumeurs circulent sur des visiteurs qui auraient été victimes d'accidents étranges après avoir quitté les lieux, ou qui auraient été hantés par des cauchemars récurrents, revivant les horreurs des événements passés.

La Maison Sanglante de Paris est bien plus qu'un simple bâtiment ancien ; elle est un symbole des mystères et des ténèbres qui peuvent se cacher au cœur même de la Ville Lumière. Pour ceux qui osent en franchir le seuil, elle promet *une expérience inoubliable, où chaque craquement de plancher et chaque souffle de vent semblent raconter une histoire vieille de plusieurs siècles.*

La Maison de Landévennec

Au bord de l'Aulne, dans le paisible village breton de Landévennec, se dresse une maison ancienne, enveloppée de mystères et de légendes. Cette demeure, avec ses murs de pierre couverts de lierre et ses fenêtres en ogive, semble être le parfait décor pour les récits paranormaux qui l'entourent. Derrière son apparente tranquillité, la Maison de Landévennec cache des secrets qui continuent de captiver et d'effrayer ceux qui s'aventurent à en percer les mystères.

Construite au XVIIe siècle, la Maison de Landévennec a traversé les âges, témoin silencieux d'événements historiques marquants. Jadis propriété d'une riche famille bretonne, elle aurait servi de refuge à des contrebandiers et abrité des réunions secrètes pendant la Révolution française. Ce passé tumultueux a laissé des traces, perceptibles pour ceux qui savent écouter les murs chuchoter.

Les récits de phénomènes paranormaux autour de la maison abondent. Les habitants du village parlent de lumières vacillantes qui apparaissent dans les pièces inoccupées et de portes qui claquent sans raison apparente. Mais le plus troublant est sans doute l'apparition régulière d'une silhouette spectrale, celle d'un moine fantomatique, qui semble flotter silencieusement à travers les murs.

Les nuits de tempête, des chants grégoriens sont parfois entendus émanant des profondeurs de la maison, emplissant l'air de mélodies anciennes et envoûtantes. Ces manifestations, bien que discrètes, laissent une empreinte indélébile sur ceux qui en sont témoins, renforçant l'aura de mystère qui entoure la demeure.

Une légende tenace prétend qu'un trésor serait caché quelque part dans la maison, enterré par les anciens propriétaires pour le protéger des envahisseurs. Ce trésor, selon les histoires, serait gardé par les esprits des défunts, prêts à éloigner les intrus par tous les moyens nécessaires. Les chasseurs de trésors et les curieux qui se sont aventurés à la recherche de ce butin ont souvent rapporté des sensations de malaise, comme si une présence invisible les surveillait.

Les habitants de Landévennec, bien que prudents, sont toujours prêts à partager leurs expériences et leurs récits. Beaucoup parlent d'événements étranges survenus lorsqu'ils passaient près de la maison : des ombres furtives aperçues à travers les fenêtres, des murmures portés par le vent. Pour les anciens du village, ces phénomènes sont autant de preuves que la maison est imprégnée des esprits de son passé.

La Maison de Landévennec, avec son mélange captivant d'histoire et de surnaturel, est un lieu où le temps semble s'être arrêté, laissant place aux légendes et aux mystères. Les récits de hantises et de trésors cachés continuent d'attirer les curieux, avides de découvrir ce qui se cache derrière les murs de pierre.

Montségur

Sur un piton rocheux dans les Pyrénées ariégeoises, le Château de Montségur domine le paysage environnant avec une majesté silencieuse. Bien que ses ruines ne soient que des vestiges de sa gloire passée, elles abritent une histoire tragique et mystérieuse qui continue de hanter les esprits des visiteurs et des habitants de la région.

Le Château de Montségur est célèbre pour avoir été le dernier refuge des Cathares, un groupe chrétien dissident qui fut persécuté au XIIIe siècle par l'Église catholique. En 1244, après un long siège, plus de deux cents Cathares furent brûlés vifs au pied du château pour avoir refusé de renoncer à leur foi. Cette tragédie a laissé une empreinte indélébile sur le site, alimentant les récits de hantise.

Les visiteurs de Montségur rapportent souvent des phénomènes étranges qui semblent défier toute explication logique. Au coucher du soleil, des silhouettes éthérées sont parfois aperçues errant parmi les ruines, vêtues de longues robes blanches, semblables à celles que portaient les Cathares. Ces apparitions silencieuses semblent rejouer inlassablement les derniers instants de leur vie terrestre.

Les nuits de pleine lune, des chants mélancoliques, semblables à des prières anciennes, sont parfois entendus résonner à travers les montagnes. Ce phénomène, bien que fascinant, suscite un profond sentiment de tristesse et de respect parmi ceux qui en sont témoins, comme un rappel poignant des sacrifices tragiques faits en ces lieux.

Parmi les récits les plus troublants liés au Château de Montségur, il y a celui des lueurs inexplicables qui apparaissent parfois dans la vallée en contrebas. Des témoins ont rapporté avoir vu des flammes vacillantes s'élever du sol, à l'endroit même où les Cathares furent brûlés.

Ces feux fantomatiques, qui surgissent sans bruit ni chaleur, évoquent le bûcher funeste qui mit fin à la résistance cathare.

Au-delà des apparitions spectrales, Montségur est un lieu où l'atmosphère elle-même semble imprégnée de l'histoire. Les visiteurs parlent d'une sensation écrasante de présence, comme si les murs eux-mêmes murmuraient les secrets et les souffrances du passé. Certains affirment avoir entendu des voix chuchotées dans le vent, des paroles en occitan ancien, qui semblent raconter l'histoire tragique du château et de ses occupants.

Le Château de Montségur, avec ses ruines majestueuses et son histoire tragique, est bien plus qu'un simple site historique. C'est un lieu de mémoire, où le passé semble toucher le présent à travers des récits de courage, de foi et de sacrifice. Les légendes de hantise qui entourent Montségur ne font qu'ajouter à l'aura mystique qui enveloppe ce lieu, attirant les curieux et les passionnés d'histoire du monde entier.

Le Château de Brissac

Au cœur de la vallée de la Loire, le majestueux Château de Brissac s'élève avec élégance, ses tours dominant les vignobles environnants. Ce château, souvent surnommé le "Géant du Val de Loire" en raison de ses sept étages, offre plus que des vues pittoresques et un riche patrimoine historique. Il est également le théâtre de l'une des histoires de hantise les plus intrigantes de France.

La légende la plus célèbre du Château de Brissac est celle de la Dame Verte, un spectre qui hanterait les couloirs depuis des siècles. Identifiée comme étant Charlotte de Valois, la maîtresse d'un ancien seigneur du château, elle aurait été assassinée par son mari jaloux après avoir découvert son infidélité. Depuis lors, son esprit ne *trouverait pas le repos et errerait dans les somptueux couloirs du château.*

Les visiteurs et les habitants du château rapportent fréquemment des apparitions de cette Dame Verte, reconnaissable à sa robe émeraude et à son visage spectaculairement désincarné. Les nuits de pleine lune, il n'est pas rare d'entendre ses gémissements résonner à travers les murs épais, un souvenir poignant de sa tragédie passée.

Le donjon, l'une des parties les plus anciennes du château, est également le théâtre de phénomènes inexpliqués. Des visiteurs y ont souvent ressenti une présence oppressante, comme si des yeux invisibles les observaient. Certains ont même affirmé avoir entendu des murmures indistincts, des conversations d'une époque révolue qui semblent se rejouer en boucle.

Les gardiens du château racontent que ces voix pourraient appartenir aux anciens occupants, qui, pour une raison mystérieuse, continueraient à hanter leur demeure séculaire. Ces manifestations ont intrigué de nombreux cher-

cheurs et amateurs de l'occulte, qui cherchent à percer les secrets que recèle cette imposante forteresse.

Les vastes jardins du Château de Brissac, bien que magnifiques, ne sont pas exempts de leur part de mystère. On dit que des ombres furtives y sont aperçues à la tombée de la nuit, glissant entre les haies et les arbres centenaires. Ces apparitions sont souvent accompagnées d'un parfum de roses fanées, un arôme anachronique qui flotte dans l'air sans raison apparente.

Les habitants des environs murmurent que ces esprits sont les âmes des jardiniers et des domestiques du passé, liés à jamais à la terre qu'ils ont tendue avec dévouement. Leur présence, bien que discrète, ajoute une dimension supplémentaire aux récits de hantise qui entourent le château.

Le Château de Brissac, avec son architecture imposante et son histoire riche, est plus qu'un simple monument historique : c'est un lieu où le passé et le présent semblent coexister, entrelacés par des récits de tragédies et de mystères. Les légendes de la Dame Verte et des esprits qui han-

tent ce château continuent de captiver l'imagination, offrant aux visiteurs une expérience unique, où chaque ombre pourrait être le reflet d'un temps révolu.

Les Mystères Enfouis de Carhaix

Au cœur de la Bretagne, Carhaix est une ville qui, au premier abord, semble paisible et empreinte de traditions celtiques. Cependant, derrière son charme rustique et ses paysages verdoyants, se cachent des histoires qui glacent le sang et éveillent la curiosité des amateurs de phénomènes surnaturels. Ce chapitre vous emmène à la découverte des mystères enfouis dans les ruelles pavées et les maisons anciennes de Carhaix.

La Maison de l'Écuyer

Dans la charmante ville de Carhaix, se dresse une demeure qui a su traverser les siècles, préservant en ses murs des récits fascinants et mystérieux. La Maison de l'Écuyer, avec son allure majestueuse et son architecture médiévale, est un monument d'histoire où le temps semble s'être figé. Mais derrière son apparente tranquillité, cette maison recèle des secrets enfouis, des légendes de courage, de trahison, et de spectres qui continuent de hanter ses couloirs.

Construite au XIVe siècle, la Maison de l'Écuyer fut jadis la demeure d'un écuyer loyal au service d'un seigneur breton. Ce dernier, connu pour son courage et sa loyauté, aurait été impliqué dans des intrigues de cour qui scellèrent son destin. Les habitants racontent que l'écuyer fut trahi par ceux qu'il servait et que, dans un ultime acte de bravoure, il défendit sa maison contre des assaillants avant de disparaître mystérieusement.

Les visiteurs de la maison rapportent avoir vu le spectre de l'écuyer, revêtu de son armure, arpentant les salles et les couloirs de la demeure. On le voit souvent près de l'ancienne cheminée, comme s'il veillait sur un feu invisible, gardant la mémoire de ceux qu'il a aimés. Son apparition est empreinte de noblesse et de tristesse, une silhouette éthérée qui semble chercher justice ou rédemption.

Les nuits de tempête, des lueurs étranges apparaissent aux fenêtres, comme si la maison elle-même revivait les batailles du passé. Des bruits de sabots résonnent dans la cour, et des murmures indistincts s'élèvent, portés par le vent, évoquant des serments et des secrets oubliés.

Outre les apparitions, la Maison de l'Écuyer est le théâtre de nombreux phénomènes inexplicables. Les chandeliers s'allument et s'éteignent d'eux-mêmes, et des livres tombent des étagères comme poussés par une main invisible. Les miroirs, lorsque l'on s'y regarde, semblent parfois refléter des scènes de l'époque médiévale, des fragments de vie d'un autre temps.

Les visiteurs rapportent également des sensations étranges : un souffle glacé dans la nuque, une main invisible frôlant leur épaule, ou encore la douce mélodie d'un luth résonnant dans le silence de la nuit. Ces manifestations, bien que troublantes, ajoutent au charme énigmatique de la maison.

Les habitants de Carhaix ont transmis de génération en génération des histoires sur la Maison de l'Écuyer. On raconte que des trésors cachés, des reliques de l'époque chevaleresque, seraient encore dissimulés dans ses murs, protégés par l'esprit vigilant de l'écuyer. Certains prétendent même qu'un passage secret mènerait des souterrains de la maison à la forêt voisine, utilisé autrefois pour des fuites discrètes ou des rencontres clandestines.

La Maison de l'Écuyer à Carhaix est bien plus qu'une simple demeure historique ; c'est un lieu où l'histoire et le mystique se rencontrent, tissant une toile complexe de récits et de légendes. Pour ceux qui osent pénétrer ses murs, elle offre une expérience inoubliable, un voyage dans un monde où le passé et le présent s'entrelacent harmonieusement.

Le Manoir des Ombres

La Maison des Ombres est une énigme architecturale, datant du XVIIe siècle, bien qu'elle semble bien plus ancienne. Construite par un riche marchand qui disparut sans laisser de trace, elle fut le théâtre de drames familiaux, de disparitions inexpliquées, et de rumeurs de pratiques occultes. Les archives locales mentionnent des réunions secrètes tenues sous la lumière de la lune, attirant des personnages mystérieux venus de toute la Bretagne.

Les légendes locales parlent de figures spectrales qui hantent la Maison des Ombres. Des silhouettes sombres, à peine discernables, apparaissent souvent derrière les fenêtres, même lorsque la maison est vide. Certains visiteurs affirment avoir vu des ombres se mouvoir indépendamment, glissant le long des murs comme des esprits cherchant à se libérer de leur prison de pierre.

Une apparition particulière attire l'attention : celle d'une jeune femme en robe blanche, le visage voilé de tristesse, qui erre dans le jardin à la nuit tombée. On dit qu'elle attend le retour d'un être cher, perdu à jamais dans les ténèbres du passé.

La Maison des Ombres est le théâtre de phénomènes inexplicables qui défient la logique. Les visiteurs rapportent entendre des chuchotements indistincts, des conversations murmurées dans une langue ancienne. Les miroirs semblent capturer des reflets qui ne devraient pas exister, montrant des scènes d'un passé révolu ou des visages inconnus.

Les objets dans la maison ont une fâcheuse tendance à se déplacer seuls. Des livres tombent des étagères, des portes se ferment brusquement, et des chandeliers vacillent sans courant d'air. Ces manifestations, bien que troublantes, sont perçues comme des tentatives des anciens habitants de communiquer avec le monde des vivants.

Les habitants de Carhaix ont de tout temps raconté des histoires fascinantes et terrifiantes sur la Maison des Ombres. Selon une légende, un trésor maudit serait caché quelque part dans la maison, protégé par une malédiction qui condamnerait quiconque tenterait de s'en emparer. D'autres parlent de tunnels secrets sous la maison, menant à d'anciennes cryptes où des rituels interdits auraient été pratiqués.

Les Contes du Bois Maudit

Aux abords de Carhaix, là où la civilisation cède la place à la nature sauvage, s'étend une forêt dense et mystérieuse, connue sous le nom de Bois Maudit. Ce lieu, à la beauté envoûtante et aux chemins sinueux, est le théâtre de contes anciens et de légendes effrayantes, transmises de génération en génération. Les murmures des arbres et le bruissement du vent racontent des histoires oubliées, invitant les curieux à découvrir les secrets enfouis dans l'ombre des sous-bois.

Le Bois Maudit a toujours été enveloppé d'une aura de mystère. Autrefois, il servait de refuge aux druides celtes, qui y pratiquaient leurs rituels sacrés à l'abri des regards indiscrets. Les vestiges de cercles de pierres et de sanctuaires cachés témoignent de ce passé mystique. Au fil des siècles, la forêt a vu passer des chevaliers, des rebelles, et des âmes égarées, tous laissant une trace indélébile dans son histoire.

Les légendes parlent de créatures fantastiques et d'apparitions spectrales qui hantent le Bois Maudit. Les promeneurs nocturnes rapportent avoir vu des lueurs flottantes entre les arbres, des feux follets qui dansent au-dessus des marécages, guidant ou égarant les voyageurs selon leur humeur capricieuse.

Une figure récurrente dans les contes est celle de la Dame Verte, un esprit protecteur de la forêt qui apparaît sous la forme d'une femme vêtue de feuilles et de mousse. Elle est souvent aperçue près des sources et des étangs, sa présence bienveillante veillant sur la faune et la flore du bois.

Les visiteurs du Bois Maudit sont souvent témoins de phénomènes inexplicables. Des chuchotements semblent émaner des arbres, comme si la forêt elle-même chantait une mélodie ancienne et oubliée. Les boussoles se dérèglent, et les sentiers familiers deviennent soudainement méconnaissables, défiant toute logique.

Les animaux du bois, eux aussi, semblent posséder une aura étrange. Les cerfs apparaissent et disparaissent comme des ombres, et les oiseaux chantent des mélodies inhabituelles, créant une symphonie naturelle qui enchante autant qu'elle trouble.

Les contes du Bois Maudit sont nombreux et variés, chacun ajoutant une couche de mystère à ce lieu envoûtant. On raconte qu'un trésor celte, protégé par des enchantements anciens, serait caché quelque part dans la forêt, attendant celui qui saura déchiffrer les indices laissés par les druides.

Une autre légende parle d'un chevalier perdu, condamné à errer éternellement dans le bois à la recherche de son amour disparu. Les nuits de pleine lune, on entendrait le galop de son cheval résonner à travers les arbres, un écho de sa quête sans fin.

Le Bois Maudit de Carhaix est bien plus qu'une simple forêt ; c'est un royaume de légendes et de mystères, où chaque arbre, chaque clairière, raconte une histoire. Pour ceux qui osent s'y aventurer, il offre une expérience inoubliable, un voyage dans un monde où le visible et l'invisible se rencontrent de manière envoûtante.

Carhaix, avec ses légendes et ses récits de maisons hantées, offre un aperçu fascinant des croyances et superstitions bretonnes. Chaque pierre, chaque arbre semble imprégné d'histoires anciennes qui continuent de hanter les esprits et d'alimenter l'imaginaire collectif. Les courageux qui osent explorer ces lieux mystérieux repartent souvent avec plus de questions que de réponses, mais enrichis de récits captivants à partager.

Épilogue

Le voyage à travers les mystères et les ténèbres touche à sa fin, mais les échos de ce que nous avons découvert continuent de résonner dans notre esprit. Les lieux hantés, les objets maléfiques, les dames blanches et les fantômes ne sont plus de simples histoires racontées à la lueur vacillante des chandelles. Ils sont devenus des compagnons invisibles, des fragments d'un monde où le passé et le présent s'entrelacent dans une danse éternelle.

En explorant ces récits, nous avons plongé dans des réalités parallèles, où l'ordinaire côtoie l'extraordinaire, et où chaque ombre peut révéler un secret. Ces expériences nous ont appris que le surnaturel n'est pas seulement une affaire de frissons et de peur, mais aussi de compréhension et de connexion avec l'inconnu. Chaque histoire, chaque apparition, chaque objet maudit nous a offert un aperçu d'une dimension plus vaste, où les émotions humaines, les regrets et les espoirs trouvent un écho au-delà de la vie telle que nous la connaissons.

Alors que nous refermons ces pages, nous sommes peut-être un peu plus conscients de l'énigme que représente notre existence. Les mystères que nous avons explorés nous rappellent que la réalité est souvent plus complexe et plus mystérieuse qu'il n'y paraît, et que la frontière entre le visible et l'invisible est souvent floue.

Ces rencontres avec l'au-delà nous invitent à aborder notre monde avec une nouvelle perspective, à écouter les murmures du passé et à respecter les histoires qui continuent de vivre à travers le temps. Elles nous encouragent à être ouverts aux possibilités infinies qui se cachent dans les recoins les plus sombres de nos vies.

En quittant ce voyage, nous ne disons pas adieu aux mystères, mais plutôt à bientôt. Car dans chaque ombre, dans chaque silence, et dans chaque geste du quotidien, les histoires que nous avons partagées restent vivantes, prêtes à nous rappeler que l'aventure de la découverte ne s'arrête jamais vraiment.

Puissent ces récits continuer à inspirer votre imagination, éveiller votre curiosité, et nourrir votre esprit d'émerveillement. Que vous soyez toujours prêt à explorer les énigmes qui se cachent au-delà du voile de notre monde visible. Jusqu'à notre prochaine rencontre avec l'inconnu, souvenez-vous que chaque fin est aussi un commencement.

Ainsi s'achève cette exploration des mystères et des légendes, mais l'histoire, elle, continue.

*Composition et mise en page réalisées
avec l'aide de WriteControl*